후한 말 삼국지 배경 시기의 13개 주 지도

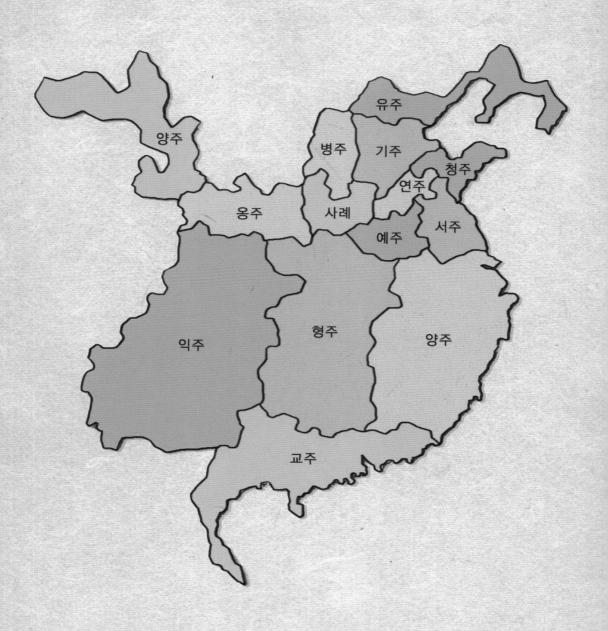

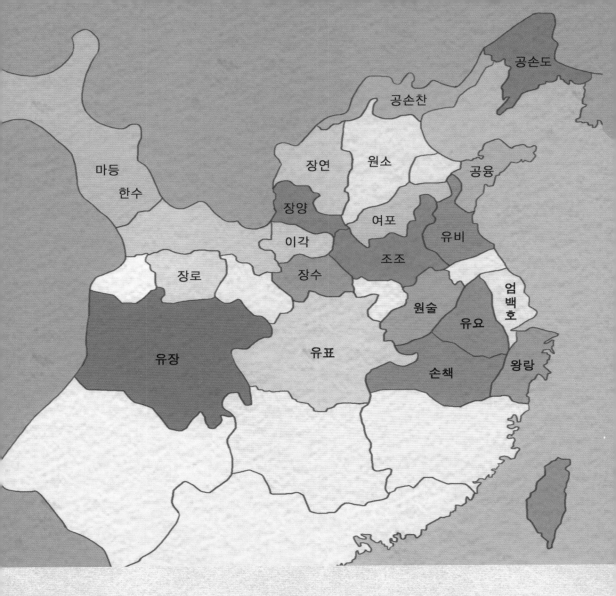

후한 말 군웅할거시대의 세력도(2세기 말)

동탁의 죽음 이후 각지에 난립하던 군웅의 세력도다. 손책은 아버지 손견이 죽은 뒤에 원술 밑으로 들어갔다가 독립하여 자신의 세력을 얻고, 파죽지세로 주변의 성을 정복해 나간다.

동탁이 죽은 뒤에 조조는 청주의 황건적 토벌을 위해 출진하여 보다 많은 병력을 얻게 되고, 조조는 아버지를 맞아들이려 한다. 그러나 도중에 아버지가 도겸의 부하인 장개에게 살해당하고 이에

화가 난 조조는 서주의 도겸을 토벌하기 위해 군사를 일으킨다. 그때 조조는 백성까지 모두 살해하며, 도겸은 유비에게 서주를 양도하게 된다.

그 틈을 타 여포가 조조의 세력권 안에서 반란을 일으키나 진압당하고 유비에게 가서 소패를 얻는다. 또한 황제는 이각, 곽사에게서 달아나 조조가 황제를 받들게 된다.

🐀 일러두기

1. 이 책은 나관중이 쓴 《삼국지연의》와 요시카와 에이지가 평역한 《삼국지》를 동화 작가 홍종의 선생님이 새롭게 엮은 것입니다.
2. 이 책에 나오는 삽화와 지도는 내용에 맞게 새롭게 제작한 것입니다.
3. 전한은 기원전 202년에 유방이 세운 나라입니다. 기원후 8년 왕망이 스스로 신新의 황제로 칭하기 전까지의 기간에 해당합니다. 기원후 25년에 유수가 한漢 왕조를 부흥시키며 후한으로 이어지는데, 이 책의 배경이 후한 말입니다.

처음 읽는 삼국지

❸ 삼고초려
: 세상으로 나온 제갈공명

나관중 원작 | 홍종의 엮음 | 김상진 그림

하늘을 나는교실

넓은 세상을
가슴으로 품자

《삼국지연의》는 《수호지》 《서유기》 《금병매》와 더불어 중국의 4대 기서로 불린다. 기서란 기이한 책이지만 그만큼 내용이 좋다는 뜻도 담겨 있다. 그러므로 《삼국지연의》 즉, 《삼국지》는 오늘날까지 읽히고 또 앞으로도 읽힐 책이다. 내가 《삼국지》를 처음 읽은 것은 중학교 때였을 거다. 그때는 어른이 읽는 책 그대로 꼬박 몇 달에 걸쳐 읽었다. 생각해 보니 어린이나 청소년이 읽을 수 있도록 쉽게 풀어 쓴 《삼국지》가 없었던 것 같다.

나는 책을 읽으면서 낯선 지명, 이름, 어려운 낱말 때문에 하루에 몇 페이지를 넘길 수 없었다.

비록 어렵고 힘든 책이었지만 읽을수록 재미와 흥미가 더해 책을 놓을 수 없었다. 《삼국지》에는 재미와 흥미보다 더 많은 지혜가 담겨 있다는 사실을 안 것은 어른이 되고 나서였다.

1800년 전 과거, 중국은 '후한 시대'로 불렸다. 후한은 한나라의 후손인 광무제가 나라를 되찾은 때부터 한나라가 망할 때까지를 일컫는다.

후한 말기 무렵이 되면서 황제가 자주 바뀌고 정치와 경제가 어지러워진다. 11대 황제인 환제가 세상을 떠난 뒤 12대 황제인 영제가 황제의 자리에 올랐다. 하지만 영제는 열두 살밖에 되지 않은 어린아이였다. 그러다 보니 신하들이 어린 황제를 속이며 부패를 일삼았다. 그 틈을 타 황건적이라는 도적 떼가 활개를 치며 백성을 괴롭혔다.

《삼국지》의 시대적 배경은 여기서부터 시작된다. 어지러운 세상을 바로잡으려고 굳게 뭉친 유비, 관우, 장비 세 영웅이 주인공으로 등장한다. 결국 드넓은 중국 대륙은 위나라 촉나라 오나라로 나뉘게 된다. 《삼국지》는 각 나라의 영웅이 각자의 세상을 꿈꾸며 다툼과 화해를 통해 어지러운 세상에 정면으로 맞서는 이야기다.

요즘에는 만화나 영화 또는 게임으로 쉽게 《삼국지》를 만날 수 있다. 그러나 그것들은 《삼국지》의 아주 작은 일부일 뿐이다. 그렇다고 여러분에게 어른이 읽는 어렵고 분량 많은 《삼국지》를 읽어 보라고 권할 수도 없다.

그래서 나는 아쉽고 힘들었던 기억을 떠올려 이번에 어린이가 쉽게 읽을 수 있는 《삼국지》를 엮어 내기로 했다. 《삼국지》 이야기를 새로 엮으면서 나 또한 다시 《삼국지》의 매력에 흠뻑 빠졌다.

《삼국지》를 다 읽고 나면 여러분은 더 넓은 세상을 가슴으로 품을 것이다. 아무리 어려운 일이 있다 해도 스스로 이겨 내고 용기를 가질 힘이 생길 것이다.

동화 작가 홍종의

【 유비 】

한나라 황제의 먼 친척으로 가난과 어려움을 딛고 촉나라의 왕이 되는 인물. 복숭아꽃 핀 마당에서 관우, 장비와 의형제를 맺어 평생 깊이 사귀었으며, 숨어 있던 인재 제갈량을 세 번이나 찾아가 맞이한 일화가 유명하다.

【 관우 】

유비 의형제 중 둘째로 예를 잘 지키고 무슨 일이 있어도 유비에게 의리를 지키려고 하는 충신이다. 그를 무척 탐낸 조조가 온갖 연회와 선물을 베풀어 자기 부하로 삼으려 했으나 끝내 거절하고 유비의 곁으로 돌아갔다는 이야기는 유명하다. 청룡도라는 무기를 즐겨 썼다.

【 장비 】

유비 의형제 중 막내. 용맹한 장수로서 배짱도 있어 적은 병사를 이끌고 장판교 위에서 조조의 대군을 물리친 적도 있다. 보기와 달리 꾀를 써서 적을 속일 만큼 전략가로서도 훌륭했다. 무기로 장팔사모를 즐겨 썼다.

【 조조 】

죽을 때까지 후한의 신하로 남았으나 사실상 황제나 다름없는 권세를 누렸다. 상황 판단이 빠르고 휘하에 뛰어난 장수와 참모가 많다. 여포, 원소 같은 호걸을 물리치고 어지러운 한나라에서 가장 먼저 세력을 키운다.

【관평】
관우의 양아들. 무예가 뛰어나 관우와 함께 전장에 나가 싸웠다. 뒷날 오나라와 싸우던 중 관우와 맥성에 갇혀 있다가 여몽의 계략에 걸려 양아버지와 함께 죽음을 맞는다.

【장소】
오나라의 문신으로 손책 때부터 평생 오나라를 섬겼다. 손책이 젊은 나이에 숨을 거두면서 손권에게 "나라 안의 일은 장소에게 물어보아라." 라고 할 만큼 능력을 인정받았다.

【손권】
손견의 둘째 아들이자 손책의 동생. 형 손책이 일찍 사망한 뒤 그의 자리를 물려받았다. 상대적으로 약했던 오나라를 지키기 위해 위나라와 촉나라 사이를 오갔으며, 나중에는 스스로 오의 황제 자리에 오른다.

【주유】
오의 이름 높은 장군이자 전략가. 제갈량과 함께 적벽대전을 지휘한다. 제갈량의 재능을 두려워해 번번이 죽이려 했으나 실패하고 젊은 나이에 사망한다.

【노숙】
오나라의 도독 중 한 명으로 적벽대전 당시 오나라와 촉나라가 손을 잡게 하는 데 힘을 보탰고, 두 나라를 대표하는 주유와 제갈량 사이에 갈등이 생길 때마다 유연하게 대처해 동맹을 지켜 낸다.

【제갈근】
제갈량의 형. 아우는 촉을 섬기고 형은 오를 섬겼으나 사적으로는 부딪히지 않았다. 인품이 뛰어나 손권에게 큰 신임을 받는다.

【채모】
형주의 강력한 호족으로 작은 누나가 유표의 후처이기도 했다. 유표의 뒤를 이은 조카 유종은 조조의 공격을 받자 항복하고 채모는 조조 아래로 들어가 높은 벼슬을 받는다.

【채 부인】
형주의 강력한 호족 출신으로 유표의 후처가 되었다. 채모와 함께 유표의 큰아들과 유비를 괴롭혔다. 유표가 죽은 뒤 조조에게 항복하지만 아들 유종과 함께 죽임을 당한다.

【유선】
유비의 아들로서 촉의 두 번째 황제가 되는 인물. 17세에 황위에 올라 제갈량의 도움을 받았으나 제갈량이 죽자 제대로 나라를 다스리지 못한다.

【유기】
유표의 장남이자 유종의 형. 채 부인의 아들이 아니라 후계자 자리에서 밀려나고 목숨이 위험했지만 유비와 제갈량의 도움을 받아 살아난다.

【유종】
유표의 차남이자 채 부인의 친아들. 채씨 집안의 도움을 받아 유표의 뒤를 이었으나 조조가 쳐들어오자 항복하고 만다.

【사마휘】
유비에게 제갈량과 방통을 알려 준 현인. 유표 아래에 있던 유비가 채모의 꾐에 빠져 죽을 뻔했을 때 우연히 만난다. 서서에게 유비를 주군으로 추천해 주기도 하는 등 유비에게 많은 도움을 준다.

【선복(서서)】
사마휘에게서 유비를 주군으로 모시라는 이야기를 듣고 찾아온 선비. 유비에게 체계적인 진법을 알려 주는 등 큰 도움을 주었으나 어머니를 이용한 조조의 꾐에 빠져 유비를 떠나게 된다.

【구봉(유봉)】
유비의 양자. 원래 구씨였으나 유비의 양자로 들어가 성을 고쳐 유봉이 된다. 전장에서 많은 공을 세웠으나 관우가 위험에 빠졌을 때 제대로 돕지 못해 사형에 처해진다.

【제갈량】
학문이 높아 와룡 선생으로 불렸으나 세상을 피해 숨어 살았는데 유비가 세 번이나 찾아오자 그를 따르기로 마음먹는다. 이후 수많은 공을 세웠고, 촉의 버팀목이 되었다.

【방통】
용모는 볼품없었지만 봉추 선생으로 불릴 만큼 재능이 뛰어났다. 촉을 정벌할 때 유비와 말을 바꾸어 탔다가 적에게 유비로 오해를 받아 목숨을 잃는다.

【사마의】
젊었을 때 조조의 부름을 받는다. 이후 위나라에서 높은 자리에 올랐으며 촉의 제갈량과 전장에서 자주 만난다.

【장간】
후한 말기의 인물로 조조를 섬겼다. 주유의 옛 친구로 적벽대전 때 주유를 설득하기 위해 보내졌으나 거꾸로 적의 꾐에 빠져 큰 잘못을 저지른다.

🌫 차례

【지난 이야기】

조조에게 몸을 의탁한 유비는 일부러 몸을 낮추고 생활합니다. 어느 날 유비는 공손찬이 원소에게 목숨을 잃었다는 소식을 듣고 조조에게 5만 명의 병사를 빌려 관우 장비와 함께 원소를 치러 갑니다.

이를 핑계로 조조에게서 벗어난 유비는 결국 조조에게 패하고 삼 형제는 뿔뿔이 흩어지는데…….

다시 만난 삼 형제

관우는 하북으로 가는 길에 유비의 가족을 지키기 위해 갖은 고생을 겪어야 했다. 그러던 중 저 멀리서 한 나그네가 혼자 말을 타고 다가왔다.

"관우 장군, 오랜만이오."

"아니, 손건 장군이 아니오. 지금 나는 유 황숙을 만나러 하북으로 가는 길이오."

"그렇다면 저도 유 황숙을 만날 때까지 힘을 보태겠습니다."

관우는 손건과 함께 하북으로 달려갔다. 그런데 뒤에서 뽀얀 먼지를 일으키며 따라오는 군대가 있었다. 그들이 바짝 따라붙자 관우는 손건에게 수레를 맡기고 먼저 길을 가게 했다. 그런 다음 혼자 그들을 기다렸다. 맨 앞에서 달려오는 대장을 보니 한쪽 눈이 뭉그러져 있었다.

"너는 조조의 부하 하후돈이 아니더냐? 이 관우를 위해 피의 작별을 하러 온 것이냐?"

관우가 수염을 곧추세우고 청룡도를 비껴쥐었다.

"참으로 시건방진 놈이로구나. 천하에 너 말고는 사람이 없는 줄 아느냐?"

하후돈이 한쪽 눈을 희번덕이며 창을 휘둘렀다. 그때 뒤쪽에서 장료가 목이 쉴 정도로 소리를 지르며 달려왔다.

"하후돈! 승상의 명령이오. 당장 창을 거두시오!"

깜짝 놀란 하후돈이 뒤로 물러섰다.

"승상께서는 어찌 관우에게 이리도 커다란 정을 베푸시는 것인지."

하후돈이 성난 목소리로 투덜거렸다.

"귀공도 관우 장군처럼 충절을 다하면 될 것이오."

장료의 말에 하후돈은 병사들을 데리고 돌아갔다. 홀로 남은 장료가 관우를 향해 말했다.

"혹시 유 황숙을 만나지 못하면 다시 허창으로 돌아오십시오."

"아닙니다. 이번에는 천하를 다 돌아다녀서라도 유 황숙을 만날 생각입니다."

그렇게 말하는 관우를 보면서 장료는 아쉬운 마음을 감추지 못했다.

관우는 적토마를 타고 부지런히 달려 금세 손건과 수레를 따라 잡았다. 산길을 지나 고개를 넘어갈 때였다. 이번에는 백 명쯤 되는 산적들이 길을 가로막고 외쳤다.

"우리는 황건적의 무리다. 이 산을 무사히 넘고 싶다면 그 적토마를 놓고 가라."

관우는 그들을 비웃으며 왼손으로 자신의 수염을 흔들어 보였다.

"이래도 나를 모른단 말이냐?"

산적 두목이 관우의 모습을 꼼꼼히 살피더니 놀란 얼굴로 물었다.

"긴 수염, 붉은 얼굴, 봉의 눈을 한…… 그렇다면 관우 장군이란 말씀입니까?"

"그렇소."

관우의 대답에 산적 두목이 곧바로 무릎을 꿇고 엎드렸다.

"저는 주창이라고 합니다. 황건적의 난 때 멀리서나마 장군을 뵌 적이 있습니다. 지금은 이렇게 산속에서 숨어 지내고 있지만 언젠가 장군을 뵐 날을 기다렸습니다. 부디 저를 거두어 주십시오."

주창이 진심을 다해 말했지만 관우는 유비의 이름에 폐를 끼칠까 봐 허락할 수 없었다.

"황건적 일당을 받아들이면 사람들이 뭐라고 하겠는가?"

"옳으신 말씀입니다. 앞으로는 바르게 살겠습니다. 부디 저를 인간으로 만들어 주십시오."

주창이 눈물을 흘리며 간절히 말하자 관우의 마음이 움직였다.

"알았네. 그렇지만 지금은 자네의 부하를 모두 데려갈 수 없는 형편이네."

주창은 관우의 말에 따라 부하들을 타일렀다.

"나쁜 짓을 해서는 안 된다. 조만간 데리러 올 테니 흩어지지 말고 산에 머물러 주길 바란다."

주창의 부하들은 산속 깊은 곳으로 다시 돌아갔고 주창은 앞장서서 수레를 끌며 관우와 함께 고개를 넘었다.

관우 일행이 하북을 눈앞에 두고 있을 무렵, 저 멀리 산 중턱에 낡은 성 하나가 보였다.

"성에서 연기가 피어오르고 있는데? 누가 지키고 있는 걸까?"

관우와 손건이 성을 바라보는 사이 주창이 마을로 달려가 성에 대해 알아보고 돌아왔다.

"삼 개월쯤 전에 장비라는 무시무시한 장군이 부하들을 이끌고 와서 산적들을 내쫓고 들어왔다 합니다. 그러니 조금 멀더라도 남쪽으로 돌아서 하북으로 가는 게 나을 듯합니다."

그 이야기에 관우의 얼굴빛이 밝아졌다.

"저 성에는 틀림없이 내 아우 장비가 있을 것이다. 서주에서 뿔뿔이 흩어진 지도 벌써 반년이나 지났는데 뜻밖에도 여기서 만나게 될 줄이야. 손 장군, 얼른 저 성으로 가서 장비를 만납시다."

손건은 서둘러 산길을 달렸고 관우는 수레와 함께 산을 올랐다. 성에 먼저 도착한 손건은 장비를 향해 큰 소리로 말했다.

"장 장군, 나 손건이오."

"아아, 정말 손 장군이오? 여길 어떻게 알고 찾아오셨소?"

장비는 여전히 씩씩하고 힘이 넘쳤다.

"관우 장군과 함께 유 황숙의 가족분들을 모시고 하북으로 가다 우연히 알게 되었소."

"뭣, 관우가 오고 있다고?"

장비가 장팔사모를 쥐고 문밖으로 달려 나갔다. 그러더니 호랑이 수염을 곧추세우고 핏발 선 눈으로 소리쳤다.

"관우야, 어서 오너라!"

"그래, 장비야. 그간 잘 지냈느냐?"

장비의 목소리를 듣고 관우가 기뻐하며 답했다. 그러자 장비가 장팔사모를 내지르며 고함을 질렀다.

"이 돼먹지 못한 놈아! 뻔뻔스럽게 무슨 낯짝으로 나를 찾아온 것이냐?"

관우가 놀라 장비의 창을 피하며 물었다.

"돼먹지 못하다니, 그게 다 무슨 소리냐?"

"닥쳐라! 조조 밑에서 부귀영화* 누리다 이곳으로 도망쳐 온 게 아니냐? 그런 놈을 형님으로 모실 수 없다. 어서 덤벼라, 관우!"

"아하하하, 그 급한 성격은 여전하구나. 내 입으로 변명은 하지 않겠다."

뒤따라 나온 손건이 장비의 모습을 보며 버럭 화를 냈다.

"이 호랑이 수염을 기른 벽창호*. 소란을 피워도 좀 적당히 피워라. 관 장군이 잠시 조조에게 투항*하여 죽음보다 더한 고통을 참은 것은 큰 뜻이 있었기 때문이다. 너처럼 생각이 짧고 단순한 사람은 절대 이해할 수 없을 것이다."

관우가 덧붙여 말하며 장비를 달랬다.

부귀영화 부유하고 지위가 높으며 귀하게 되어서 세상에 드러나 온갖 영광을 누림.
벽창호 고집이 너무 세고 둔해서 말이 통하지 않는 사람. | 투항 적에게 항복함.

"너를 사로잡을 생각이었다면 더 많은 병마를 끌고 왔을 게다. 봐라, 유비 형님의 가족분들이 탄 수레와 몇몇 사람밖에 없지 않느냐? 그러니 제발 쓸데없는 생각은 하지 말거라."

장비는 겸연쩍은 듯 다가가 관우의 얼굴을 거듭 쓰다듬었다.

"미안하게 됐소. 하하하. 그럼 그렇지 관우 형님이 딴마음을 품을 리 없지."

"장비야, 우리 형제에게 이 성은 무척 중요하다. 내가 큰 형님을 모시고 올 때까지 너는 이 성과 큰 형님의 가족분들을 잘 지키고 있어야 한다."

그 말을 남기고 관우는 손건과 함께 하북으로 향했다.

하북에 도착하자 손건이 관우에게 말했다.

"혹시 원소가 장군을 안 좋게 생각할지 모르니 장군께서는 이곳에서 잠시 기다리시는 게 좋겠습니다. 제가 홀로 기주성으로 들어가 유 황숙을 모시고 오겠습니다."

손건이 기주성으로 떠난 뒤 관우는 주창을 불러 명령했다.

"얼마 전 헤어졌던 부하들을 찾아가 조만간 유 황숙을 모시고 돌아갈 때 함께 가자고 전하여라."

관우는 그렇게 말하고는 가까이 집 한 채가 보이자 문을 두드렸다. 잠시 뒤 집주인이 관우를 반기며 말했다.

"관우 장군님이 아니십니까? 저도 관씨 성을 쓰고 있으며 이름은 정이라고 합니다."

관정은 관우를 집 안으로 안내하고 아들을 불러 인사를 시켰다.

"여기는 제 아들 관평으로 무술을 열심히 익히고 있습니다."

관우의 눈에도 관평은 영특해 보였다. 관우는 관정 부자와 이야기를 나누며 손건이 돌아오기만을 기다렸다.

기주성으로 간 손건은 유비를 만나 가족들이 무사하다는 소식을 전했다. 그리고 하북으로 오는 중에 장비를 만났고 이곳에 관우와 함께 왔다는 이야기도 전했다.

"아, 이제야 아우들을 만날 수 있게 되었구나. 그나저나 내 마음은 하늘을 날고 있으나, 몸이 원소에게 묶여 있으니……."

유비는 눈을 감고 생각에 잠겼다. 그러더니 곧 좋은 생각이 떠오른 듯 자리에서 일어나 원소를 찾아갔다.

"조조와의 싸움이 뜻과는 달리 장기전이 되어 버리고 말았습니다. 형주의 유표를 찾아가 우리 편으로 만들면 제아무리 조조라 해도 패하고 말 것입니다."

"그야 물론 그렇소만……. 내가 몇 번이고 사자를 보냈으나 유표는 끝내 손을 잡으려 하지 않았소."

"그와 저는 먼 친족이니 제게 맡겨 주시면 곧 우리 편이 되도록 해 보겠습니다."

원소는 깊은 생각에 빠졌고 이내 마음이 움직였다. 그러자 유비가 거듭 말을 이었다.

"요즘에 관우가 허창에서 나와 곳곳을 돌아다닌다는 소식을 들었습니다. 관우를 찾아 우리 편으로 데리고 돌아오겠습니다."

"관우를?"

원소가 갑자기 얼굴빛을 바꾸며 말했다.

"그는 안량, 문추를 벤 우리의 원수가 아닌가? 내게 그 관우를 바칠 테니 목을 치라는 말인가?"

"아닙니다. 그런 뜻이 아닙니다. 굳이 비유하자면 안량과 문추 같은 자는 사슴 두 마리에 지나지 않습니다. 설령 사슴 두 마리를 잃었다 할지라도 한 마리의 호랑이를 손에 넣는다면 더 이익이 아니겠습니까."

"아하하하, 조금 전 말은 농담이오. 사실 나도 관우를 남달리 생각하고 있었소. 그대가 형주로 가서 유표를 설득하고, 그와 더불어 관우를 데리고 온다면 그보다 더 좋은 일이 어디 있겠소. 어서 형주로 가시오."

"알겠습니다. 하지만 큰 계획은 새어 나가면 이루기가 어렵습니다. 제가 형주에 도착할 때까지 이 일을 비밀로 해 주십시오."

유비는 하룻밤 사이에 준비를 모두 마치고 기주성을 나왔다. 그리고 손건과 함께 관우가 있는 관정의 집으로 갔다.

오랜만에 서로를 보는 유비와 관우의 눈에는 눈물이 가득 고였다. 그런 두 사람에게 관정 부자는 조촐한 잔칫상을 준비해 대접했다.

"관우한테는 아직 아들이 없는데, 저런 아들이 있으면 얼마나 좋을까?"

유비가 관평을 보며 말하자 관정이 크게 기뻐했다.

"관우 장군님이시라면 얼마든지 제 아들을 양자로 들이게 하고 싶습니다."

관우도 관평의 재주를 눈여겨보고 있었던 터라 그 자리에서 흔쾌히 답했다.

"좋소. 관평이 좋다고 하면 곧바로 관평을 내 양아들로 삼겠소."

이튿날 아침, 그들은 관정의 집에서 나왔다. 물론 관우의 양아들이 된 관평도 함께였다.

모두 발걸음을 재촉하며 산길을 오를 때 주창이 부하들을 이끌고 달려왔다.

"장군을 맞으려고 산 위에서 내려오는데, 저희 힘으로는 도저히 당해 낼 수 없을 만큼 무술이 뛰어난 사내를 만났습니다."

"그렇다면 그자의 창과 이 청룡도를 한번 부딪쳐 봐야겠구나."

관우는 말에 올라 산 위쪽으로 달려갔다. 유비도 채찍을 휘둘러 관우를 뒤쫓았다.

잠시 뒤 유비와 관우가 한목소리로 외쳤다.

"그대는 조운이 아니시오?"

조운은 공손찬의 부하였지만 공손찬이 목숨을 잃은 뒤 이곳저곳 떠돌아다니며 지냈다.

"여기서 자네를 만나다니 하늘의 도움일세."

유비가 흐뭇해하며 말했다.

"그러게 말입니다. 장군을 주인으로 모시라는 하늘의 뜻이 틀림없습니다."

이렇게 해서 유비는 관우, 손건, 조운과 함께 장비가 있는 성으로 향했다. 망루에서 지켜보고 있던 병사가 멀리서 오는 그들을 알아보고 큰 소리로 외쳤다.

"관 장군이 유 황숙을 모시고 돌아왔습니다."

장비는 맨발로 뛰어나가 유비를 맞았다. 그리고 그날 저녁 소와 말을 잡아 환영 잔치를 크게 열었다.

"큰 형님, 이보다 더한 즐거움이 어디 있겠습니까?"

관우와 장비의 말에 유비가 말했다.

"어찌 즐거움이 이것뿐이겠느냐. 참된 즐거움은 지금부터 시작이다."

조운, 손건, 간옹, 주창, 관평도 모두 술잔을 나누며 즐거워했다. 마침 여남의 유벽도 소식을 듣고 달려왔다.

"이 좁은 산골에서는 큰 뜻을 펼칠 수 없을 것입니다. 제가 여남을 바칠 테니, 여남에서 큰 뜻을 펼치십시오."

유벽의 말에 따라 유비는 관우, 장비, 손건, 조운을 데리고 여남으로 들어갔다.

한편 그 소식을 들은 원소는 불같이 화를 내며 고함을 질렀다.

"당장 대군을 일으켜 단번에 여남을 짓밟겠노라."

그러자 곽도가 나서서 원소를 말렸다.

"어차피 형주의 유표를 우리 편으로 끌어들여도 조조를 이길 수는 없습니다. 유표는 땅을 지키기에만 급급해서 큰 뜻을 펼칠 수 없습니다. 그러니 그보다는 남쪽의 손책과 손을 잡는 편이 이로울 것

입니다."

곽도의 말에 원소는 오로 사신을 보냈다.

하북의 사신은 밤낮을 달려 오에 도착했고, 손책에게 원소의 편지를 건넸다.

"저희 주공께서 지금 조조의 실력에 맞설 수 있는 세력은 하북과 오밖에 없다고 하시며, 두 세력이 손을 잡으면 제아무리 조조라 해도 패할 수밖에 없다고 말씀하셨습니다."

그 말에 손책은 크게 기뻐했다. 그러고는 하북에서 온 사신을 대접하려고 성대한 잔치를 열었다. 잔치 분위기가 한창 무르익을 무렵, 도사 우길이 들어섰다. 그러자 손책의 부하들이 모두 엎드려 절했다.

"저 지저분한 노인은 누구냐?"

손책이 묻자 부하 중 하나가 대답했다.

"저분은 우길 도사입니다. 우길 도사가 부적 태운 물로 병을 고치면 병이 낫지 않는 사람이 없고, 재앙을 예언하면 틀린 적이 없습니다. 그래서 사람들은 우길 도사를 살아 있는 신선이라 부르며 우러릅니다."

"쓸데없는 소리 말아라. 거짓말로 세상을 어지럽히는 저 사기꾼의 목을 당장 쳐라."

부하들은 모두 고개만 숙일 뿐 아무도 나서지 않았다.

"무엇을 두려워하는 게냐! 너희가 그렇다면 내 손으로 저자를 없애겠다!"

손책은 칼을 휘둘러 단칼에 우길의 목을 베었다.

그런데 그날 저녁부터 손책의 눈에 핏발이 서더니 몸에 열이 나기 시작했다. 그리고 한밤중에 손책의 방에서 요란한 소리가 들려왔다. 부하들이 달려가 보니 손책의 손에는 칼이 쥐어져 있고, 비단 장막이 갈가리 찢겨 있었다. 그의 눈빛은 낮에 봤던 눈빛과는 전혀 달랐다.

"우길 이놈! 요사스러운* 이놈! 어디로 사라진 것이냐!"

손책이 버럭 고함을 질렀다.

그 뒤로 손책은 눈에 띄게 야위어 갔다. 낮에도 의식을 잃고 잠을 자는 날이 많았다. 그러던 어느 날, 손책이 아우 손권을 불렀다.

"형님, 정신을 차리셔야 합니다. 지금 형님이 돌아가시면 우리 오는 기둥을 잃게 됩니다."

손권이 두 손으로 얼굴을 가리고 눈물을 흘렸다. 손책은 당장이라도 숨이 끊어질 것 같았으나 억지로 웃음을 지어 보이며 머리를 흔들었다.

"너는 아버지와 형이 오를 일으켰을 때의 어려움을 잊지 말아야 할 것이며, 현명하고 유능한 인재를 쓰고, 늘 백성을 사랑해야 할 것이다. 나라 안의 일은 나의 충신 장소에게 묻고, 나라 밖의 일은 나의 의형제 주유에게 의견을 구하도록 해라."

손책은 모여 앉은 장군들을 둘러보며 어렵게 말을 이었다.

"여러 장군들도 아직 어린 손권을 잘 보필해 주시기 바라오."

요사스럽다 말과 행동이 경솔하고 간사하다.

그러고는 직접 오의 인수*를 풀어 손권에게 넘겨주었다. 손권은 떨리는 손으로 인수를 받으며 한쪽 무릎을 바닥에 대고 그저 눈물만 줄줄 흘릴 뿐이었다.

얼마 뒤 손책은 숨을 거두고 말았다. 당시 손책의 나이는 스물일곱 살이었다. 강동의 소패 왕이 이렇게 일찍 세상을 떠날 줄은 그 누구도 예상하지 못했다.

오의 새로운 주인이 된 손권은 아직 열아홉 살에 지나지 않았다. 그렇다 보니 장소는 손권을 볼 때마다 격려를 아끼지 않았다. 그리고 파구에 있던 주유도 밤낮으로 달려 오로 돌아왔다.

"맹세코 형님의 유언을 받들겠습니다. 무슨 일에나 근본이 되는 것은 사람입니다. 사람을 얻으면 나라가 흥할 것이며, 사람을 잃으면 나라가 망할 것입니다. 그러니 주공께서는 덕이 높고 밝은 재주를 가진 사람들을 곁에 두셔야 합니다."

손권은 고개를 끄덕이며 주유의 말을 들었다.

"형님도 숨을 거두실 때 그렇게 말씀하셨소. 내 그 말씀을 반드시 지킬 것이오."

"장소는 참으로 현명한 사람입니다. 그를 스승으로 삼아 그의 말을 귀담아들어야 할 것입니다. 하지만 저는 원래가 아둔한 사람입니다. 그러니 저보다 훨씬 뛰어난 인물을 한 사람 추천하겠습니다."

"그게 누구요?"

인수 옛날에 병권을 가진 무관이 주머니를 매어 차던 길고 넓적한 끈.

"안휘성 동성에 사는 노숙입니다. 지혜롭고 성품도 온화해 따뜻한 봄바람 같은 사람입니다. 다만 그는 벼슬을 좋아하지 않는 것 같습니다."

"우리 오에 그런 인물이 있는 줄은 몰랐소. 고생스럽겠지만 얼른 그를 모셔와 주시오."

그길로 주유는 노숙을 설득해 오로 데려왔다.

"노숙, 앞으로 한나라 황실은 어떻게 될 것 같소? 그리고 우리는 앞으로 어떻게 하면 좋겠소?"

젊은 손권이 눈을 반짝이며 묻자 노숙이 대답했다.

"조조가 점점 줄기를 키우고 마침내 뿌리를 내리게 될 것입니다. 그러하니 주군께서는 조용히 때를 기다리며 강동을 굳게 지키는 것이 최선인 듯합니다."

얼마 뒤 노숙은 사람 하나를 데리고 와서 손권에게 소개했다.

"제갈근은 스물일곱으로 아직 젊으나 낙양에서 수재로 이름이 났으며 시문* 경서*를 통달한 자입니다. 제가 특히 감탄한 일은 의붓어머니*를 친어머니처럼 모신다는 겁니다."

손권은 제갈근을 기쁜 마음으로 맞아들였다. 그 뒤로도 손권의 주변에는 뛰어난 인재가 많이 모여들었다.

시문 시와 산문을 말함. | **경서** 유교의 사상과 교리를 써 둔 책으로 〈대학〉, 〈논어〉, 〈맹자〉 등이 유명하다.
의붓어머니 아버지가 재혼해서 생긴 새어머니.

위기에 빠진 원소

손권과 조조는 먼저 손을 잡아 하북의 원소를 칠 계획을 세웠다. 그 사실을 알게 된 원소는 마음이 편치 않았다.

"우선 조조를 쳐서 없애야겠다."

원소가 명령하자 하북의 대군 오십만 명이 조조의 군대와 맞서게 되었다.

점심 무렵 요란한 북소리가 원소의 진영에서 흘러나왔다. 원소가 황금 투구에 비단 전포*를 입고 나왔다.

"천하가 용서할 수 없는 놈! 내가 하늘을 대신해 역적 조조를 처단하겠다."

원소가 얼굴에 잔뜩 노기를 띠며 외쳤다.

조조도 가만히 있지 않았다.

전포 옛날에 장수가 입던 긴 웃옷.

"내 일찍이 황제께 아뢰어 네게 하북을 지키라고 명했거늘, 네놈 스스로가 반란을 일으키다니! 어서 저놈을 쳐라!"

원소의 군대와 조조의 군대는 불꽃을 튀며 격투를 벌였다. 하지만 쉽게 승패가 나지 않았다. 조조의 군대가 숨 쉴 틈 없이 몰아붙였지만 원소의 대군을 물리치는 건 쉽지 않았다.

"업도, 여양, 산조 세 곳으로 나눠 가는 것처럼 꾸민 뒤 한꺼번에 원소의 군대를 공격하는 게 좋겠습니다."

조조는 부하 순욱의 말에 따라 병사들을 배치했다. 그러자 원소도 부하 신명을 여양으로, 셋째 아들 원상을 업도로, 나머지 병력을 산조로 보냈다. 본진에는 병력이 얼마 남아 있지 않은 상황이었다.

소식을 들은 조조는 세 곳으로 흩어져 있던 각 군대에 연락해 원소의 본진으로 쳐들어갈 것을 명령했다. 갑작스러운 공격에 원소는 갑옷을 걸칠 새도 없이 말에 뛰어올라 도망쳤다. 결국 조조의 군대가 승리를 거두었고, 원소는 간신히 여양까지 달아났다.

원소는 어느 산기슭에서 깜박 잠이 들었다. 그러다 새벽녘쯤 눈을 떠 보니 곳곳에 우는 소리가 가득했다. 부모를 잃은 자식과 형을 잃은 동생, 남편을 잃은 아내 등이 죽은 가족의 이름을 부르며 울부짖는 소리였다.

"아, 나의 실수로다."

원소는 끝도 없이 후회하며 기주성으로 돌아갔다. 그러고는 전각 안에 틀어박혀 하루하루를 보냈다.

어느 날 부인 유씨가 원소에게 말했다.

"장군의 후계자를 미리 정해 두시는 게 좋을 듯합니다. 그렇게 하면 하북 각주도 하나가 되어 모든 일이 저절로 풀릴 것입니다."

유 부인은 자신이 낳은 셋째 아들 원상을 하북의 후계자로 삼고 싶어 했다.

"지금은 몸도 마음도 지쳐 있소. 그러니 좀 더 기다려 주시오."

유 부인이 늘 원상을 칭찬했기에 원소도 마음속으로 원상을 후계자로 생각하고 있었다. 하지만 첫째 아들 원담이 청주에, 둘째 아들 원희가 유주에 있었다. 두 아들을 제치고 셋째 아들 원상을 후계자로 삼기는 쉽지 않았다. 고민 끝에 원소는 부하들을 불러 의견을 구했다.

"이제는 나도 나이가 들었소. 후계자로 셋째인 원상이 적합한 듯한데 장군들은 어떻게 생각하시오?"

원소의 말에 부하들이 반대의 뜻을 밝혔다.

"예로부터 형을 내치고 동생을 후계자로 세워 집안이 평화로운 적은 없었습니다. 게다가 조조의 침략도 계속되는 상황입니다."

그로부터 며칠 뒤, 병주에서 조카 고간과 청주에서 첫째 아들 원담이 병사를 이끌고 달려왔다. 얼마 지나지 않아 둘째 아들 원희 역시 병사를 이끌고 달려왔다. 그러자 오랜만에 기주성은 활기를 되찾았다.

"일이 있을 때는 역시 가족이 가장 든든하구나. 새로운 병마가 생겼으니 이제 조조 따위는 두렵지 않다."

원소는 기운을 내 자리에서 일어났다.

조조의 군대는 대승을 거둔 뒤 황하 주변에서 휴식을 취하고 있었다. 소문을 들은 그 지역의 노인들이 멧돼지와 닭을 가지고 조조를 찾아왔다.

"지역의 노인들이 승상께 축하의 말씀을 올리러 왔습니다."

병사가 그 말을 전하자마자 조조가 바로 나왔다. 그리고 노인들에게 자리를 내주며 물었다.

"어르신들은 연세가 어떻게 되십니까?"

"나는 백 살이고 여기는 백두 살입니다. 우리 중에는 아무리 어려도 팔구십 살은 되었지요."

"아, 복 받은 분들이군요. 저는 어르신들이 무척 존경스럽습니다. 분명 악행을 저질렀다면 이토록 어지러운 세상에서 오래 살지 못하셨을 겁니다."

조조의 말에 노인들이 매우 기뻐했다. 그중 가장 나이가 많은 노인이 말했다.

"지금으로부터 오십 년 전에 은규라는 예언자가 말하기를 오십 년 뒤 우리 마을에 영웅호걸이 찾아온다고 예언했습니다. 그 뒤로는 원소가 나라를 다스리면서 백성들은 깊은 시름에 빠져 살았습니다. 그런데 올해가 은규의 예언이 있은 지 오십 년이 되는 해입니다. 그래서 모두가 기뻐하며 조 승상을 찾아온 것입니다."

노인들이 돌아간 뒤 조조는 각 군에게 명을 내렸다.

"농가의 땅을 망치는 자, 개나 닭을 훔치는 자, 부녀자*를 괴롭히는 자, 술에 취해 행패를 부리는 자, 불을 지르는 자는 목을 베겠다.

하지만 노인을 공경하고 어린아이를 보살피는 자에게는 상을 내릴 것이다."

그러자 말할 것도 없이 백성들 모두 조조를 우러러보았다.

그 무렵 원소가 조카와 세 아들을 앞세워 다시 싸움을 걸어왔다.

"세상에 해가 되는 저 도적놈의 목을 베어라!"

원상이 소리치며 조조에게로 달려들었다. 원상은 아버지에게 자신의 실력을 보여 주고 싶었던 것이다.

"저 애송이는 누구인가?"

조조가 곁에 있던 부하에게 물었다.

"원소의 셋째 아들 원상입니다. 제가 맞서겠습니다."

조조의 부하 사환이 창을 들고 나서자 원상은 곧 달아났다. 그러다 갑자기 뒤돌아 화살을 날렸다. 원상이 쏜 화살은 사환의 왼쪽 눈에 박혔다. 사환이 말 위에서 떨어지자 흙먼지가 피어올랐다. 동시에 원소의 병사들이 소리 높여 원상을 칭찬했다. 그 모습을 본 원소의 얼굴에는 활력이 넘쳤고 조조의 얼굴에는 검은 그림자가 드리워졌다.

군대를 뒤로 물린 조조는 병사들을 열 갈래로 나눠 놓았다. 그리고 어느 날 밤, 열 갈래로 나뉜 조조의 군대는 원소의 군대를 공격하기 시작했다.

"아아, 큰일이로구나."

부녀자 결혼한 여성과 어른이 된 여성을 통틀어 이르는 말.

원소는 세 아들과 함께 정신없이 달아났다. 뒤따라오던 병사들은 대부분 목숨을 잃었고 둘째 아들 원희와 조카 고간은 큰 상처를 입었다. 밤새 백 리를 도망쳤고 이튿날 살아남은 병사는 얼마 되지 않았다. 그때 원소가 말갈기에 엎드린 채 피를 토했다.

"아버지, 무슨 일이십니까?"

셋째 원상이 뒤돌아보며 소리쳤다. 원상은 앞서가는 두 형도 불러 세웠다.

"형님들, 잠시 멈추십시오."

원담과 원희가 아버지 곁으로 달려왔다. 늙은 원소는 밤낮으로 도망쳐 온 탓에 몹시 지쳐 있었다.

"아버지, 정신 차리십시오!"

원소가 창백한 얼굴을 들어 애써 눈을 크게 뜨며 말했다.

"이제 나의 운명도 다한 듯하구나. 너희 형제는 각자 영지로 돌아가 병사를 길러 조조와 다시 싸울 준비를 해야 한다. 결단코 아비의 원한을 풀어 주기 바란다. 애들아, 알겠느냐?"

원소는 말을 마치자마자 검은 피를 토하며 숨을 거두었다. 형제들은 울며 아버지의 시신을 말 등에 싣고 기주로 돌아왔다.

원소의 아들들은 아버지 원소가 병을 얻어 돌아온 것이라고 알렸다. 그리고 셋째 원상이 임시로 기주성을 맡아 다스렸다. 둘째 원희는 유주로 첫째 원담은 청주로 돌아갔으며 조카 고산도 뒷날을 약속한 뒤 우선 병주로 물러났다.

대승을 거둔 조조는 군대를 돌려 허창으로 향했다. 그러자 연달아 소식이 전해졌다.

"여남에 있는 유비가 유벽과 공도와 힘을 합쳐 허창을 공격하려고 한답니다."

오랜만에 허창으로 돌아가는 중이었으나 조조는 곧바로 생각을 바꾸었다.

"먼저 여남으로 가서 유비의 목을 가지고 허창으로 돌아가겠다."

날이 밝자 요란한 북소리와 함께 조조의 군대가 유비의 군대를 향해 돌진했다.

"유비, 나의 은혜를 잊은 것이냐? 무슨 낯짝으로 이 조조에게 활을 겨누려 하는 것이냐?"

유비가 빙그레 웃으며 대답했다.

"네 스스로 한나라의 승상이라고 떠들어 댈 뿐 그것은 황제의 뜻이 아니다. 그런 네가 어찌 은혜를 베풀었다고 할 수 있느냐?"

"닥쳐라! 나는 황제의 명을 받아 배신자의 목을 칠 뿐이다!"

"언제까지 천하를 속일 셈이냐? 진짜 황제의 명은 바로 여기에 있다."

유비는 예전에 동승이 황제에게 받은 비밀문서의 필사본*을 꺼내 큰 소리로 읽어 내려갔다. 유비의 침착한 모습과 낭랑한 목소리에 모든 사람이 귀를 기울였다. 유비가 황제의 밀서를 다 읽고 나자 병

필사본 손으로 써서 만든 책.

사들이 함성을 내질렀다. 언제나 나라에 소속된 최고의 군대라고 생각했던 조조의 군대였다. 병사들은 처음으로 유비에게 그 명예를 빼앗겼다.

조조는 눈썹을 곧추세우고 안장을 두드리며 명령했다.

"거짓 문서로 황제를 욕보이는 괘씸한 놈. 여봐라, 저 유비를 사로잡아라!"

조조의 명령에 허저가 울부짖으며 달려 나갔다. 유비의 군대에서는 조운이 맞서 싸웠다. 흙먼지 속에서 창과 검이 번쩍번쩍 불꽃을 튀며 맞부딪쳤다. 쉽게 승부가 날 것 같지 않자 관우와 병사들이 오른쪽 측면을 공격했다. 장비와 병사들도 함성을 지르며 왼쪽 측면을 공격했다. 그러자 조조의 군대는 한순간에 무너져 도망치기 바빴다.

하지만 유비의 군대는 이어지는 소식에 승리의 기쁨도 채 나누지 못했다.

"여남에서 무기와 식량을 가져오던 공도의 군대가 조조가 숨겨 둔 군대를 만나 위기에 처했습니다."

"조조의 군대가 여남성에 쳐들어왔다고 합니다."

유비는 관우를 여남성으로 급히 보냈고 장비에게는 공도의 군대를 구하라고 명령했다. 하지만 장비의 군대는 목적지에 도착하기 전에 조조의 군대에 포위되었다. 이후 관우는 아예 연락이 끊겨 버렸다. 그 틈을 이용해 조조의 군대가 유비의 군대로 쳐들어왔다.

"유비를 잡아라! 유비를 따르는 어리석은 자는 죽음을 면치 못할 것이다. 내게 항복하는 자는 용서할 것이다."

조조의 말에 유비의 병사들은 칼과 창을 버리고 조조에게 항복했다. 하지만 조운은 창을 휘둘러 적들을 쓰러뜨렸다. 유비도 양손에 칼을 쥐고 맞서 싸웠지만 몰아치는 조조의 군대에 점점 힘을 잃어만 갔다.

그때 저 멀리 험한 길 끝으로 관우의 깃발이 보였다. 관우는 양아들 관평과 병사들을 데리고 달려와 조조의 부하인 장합의 목숨을 끊어 놓았다. 그사이 장비도 산의 한쪽 기슭을 뚫고 산 위로 도망쳐 올라왔다. 그리고 유비를 보자마자 무릎을 꿇은 채 말했다.

"공도가 조조의 부하 하후연에게 안타깝게도 목숨을 잃고 말았습니다."

유비는 크게 한숨을 내쉬었다.

"관우와 장비, 그리고 조운과 여러 장군 모두 재주가 많은데 나처럼 부족한 사람을 만나 매번 어려움만 겪는구나."

유비의 말에 모두 고개를 숙이고 흐느꼈다.

"옛날 한나라의 고조는 항우와 천하를 다툴 때 매번 싸움에서 졌으나 구리산의 싸움에서 승리하여 마침내는 사백 년의 기초를 닦았습니다. 제가 황숙과 형제의 의를 맺고 군신의 맹세를 굳게 한 지 벌써 이십 년이 되었습니다. 그동안 어려운 일이 많았지만 결코 큰 뜻은 꺾이지 않았습니다. 뒷날 천하에 뜻을 펼칠 날이 있을 것이라 생각하면 아무리 어려운 일이 있더라도 두렵지 않습니다. 그러니 마음 약한 소리 하지 마십시오."

관우의 말에 손건이 갑자기 입을 열었다.

"형주가 여기서 멀지 않은데 그 태수인 유표는 아홉 개 지역을 다스리고 있습니다. 우선은 형주로 가서 그에게 몸을 의지하는 것이 어떻겠습니까? 유표도 기뻐하며 반드시 도움을 줄 것입니다."

손건의 말에 따라 유비는 부하들과 병사들을 이끌고 형주로 향했다.

유비의 쓸쓸한 그림자

유표는 성 밖까지 나와 유비와 부하들을 따뜻하게 맞이했다.

"우리는 멀지만 친척이지 않소. 앞으로 오랫동안 이와 입술처럼 친밀한 정을 나눕시다."

유표가 유비를 받아들였다는 소식은 허창으로 돌아가던 조조의 귀에도 들어갔다.

"아뿔싸, 유비가 형주로 간 것은 소쿠리 안의 물고기가 강으로 나아간 것이나 다를 바 없는 일이다. 지금 당장……."

조조는 군대의 방향을 바꾸어 형주를 공격하려 했다. 하지만 명이 떨어지기도 전에 조조의 부하들이 반대하고 나섰다.

"지금 유비를 치는 것은 이롭지 못합니다. 내년 봄을 기다렸다가 공격해도 늦지 않습니다."

이에 조조도 생각을 바꾸어 곧장 허창으로 돌아갔다.

이듬해가 되자 조조는 형주를 적극 공략하겠다던 계획을 바꾸어 하후돈, 만총 두 장군을 형주로 보냈다. 그리고 조인과 순욱에게 승상부를 지키라 명하고 나머지 군 전부를 끌어모아 하북 정벌에 나섰다.

"북쪽으로 향하라!"

조조의 군대는 작년보다 더 단단히 전쟁 준비를 하고 하북으로 쳐들어갔다. 성난 파도와 같은 기세로 곳곳에서 하북의 군대를 격파했다. 결국 원소의 세 아들인 원담, 원희, 원상은 뼈아픈 패배를 맛보아야만 했다.

그즈음 유 부인은 원소의 장례를 준비했다. 그러고는 가장 먼저 도망쳐 온 아들 원상에게 말했다.

"아버지가 돌아가신 것을 세상에 알린 뒤 유서*를 받았다고 선포하여 기주성을 차지해라."

유 부인의 말에 원상은 기주성을 차지하고 큰형 원담을 '거기장군'에 임명했다.

"동생이 형에게 벼슬을 내리는 법이 어디 있느냐? 내가 직접 유서를 봐야겠다."

원담은 병사를 이끌고 기주성으로 들어갔다. 형제가 말싸움을 벌이다 결국 칼을 빼들고 불꽃을 튀었다. 하지만 원담은 원상을 이기지 못하고 물러서야만 했다.

동생에게 화가 난 원담은 조조에게 항복하여 기주를 공격하기로

유서 유언을 적은 글.

마음먹었다. 얼마 뒤 원담의 뜻을 전해 들은 조조는 대군을 조직해 기주를 공격했다. 놀란 원상은 기주성에서 나와 업성으로 도망쳤다.

"이번에는 업성으로 돌진하라!"

조조의 군대가 성벽을 피로 물들이며 횃불을 집어던졌다. 원상은 결국 인수까지 버리고 달아났다. 그렇게 해서 기주성은 무너지고 조조는 하북을 차지하게 되었다.

조조의 큰아들 조비가 가장 먼저 원소의 집 안으로 뛰어 들어갔다. 조조의 둘째 아들이던 조비는 큰 아들 조앙이 죽자 가까이서 아버지인 조조를 도왔다. 열 여덟의 나이로 이번 전쟁에 처음 참가를 한 것이었다.

"기다려라! 아직 승상께서 들어서지 않았는데, 어디를 가려는 것이냐?"

병사가 달려 나와 조비를 막아섰다.

"도련님의 얼굴도 모르는 것이냐."

조비의 부하가 병사를 야단쳤다. 그러고는 원소의 집 안으로 조비를 안내했다. 집 안에서는 아직도 흙먼지가 모락모락 피어오르고 있었다. 그리고 한쪽 구석에서 원소의 둘째 아들 원희의 처인 진씨가 눈물을 흘리며 떨고 있었다. 그 모습이 이슬에 젖은 꽃잎처럼 아름다웠다.

"왜 혼자 이곳에 있는 것이오?"

조비가 진씨에게 다가가 물었다.

"남편이 도망간 뒤 남게 되었습니다."

"나는 조 승상의 아들이오. 내가 구해 드릴 테니 이젠 떨 필요가 없소!"

그때 아버지 조조가 원소의 집 안으로 들어왔다. 조조 역시 진씨의 아름다움에 놀라지 않을 수 없었다.

조조는 조비가 진씨를 마음에 두고 있는 것을 눈치챘다. 조조는 진씨를 조비의 아내로 맞아들이는 것을 허락했다. 그리고 원소의 무덤에 제사를 지냈다.

"예전에 낙양에서 함께했던 시절은 옛날이야기가 되어 버렸소."

비록 적이 되었지만 원소에 대한 조조의 눈물은 사람들의 마음을 사로잡기 충분했다. 게다가 조조는 기주 백성들에게서 그해 세금을 거두어들이지 않았다.

둘째 원희와 셋째 원상은 조조를 향해 칼을 갈고 있었다. 그 사실을 알게 된 조조는 급히 원담을 불러들였다. 하지만 원담은 꺼림칙해 하며 쉽게 움직이려 하지 않았다. 조조는 그것을 구실 삼아 원담을 치기 위해 군대를 보냈다.

원담은 문을 굳게 걸어 잠그고 단단히 방어했다. 조조의 군대는 밤낮으로 공격을 퍼부었고 원담은 끝내 항복할 수밖에 없었다. 하지만 조조는 원담을 받아들이지 않았다. 이미 기주성을 차지한 뒤라 원담을 살려 둘 생각이 없었던 것이다.

"원담의 목을 베어라!"

조조의 명에 부하 조홍이 성안으로 들어가 원담의 목을 단칼에 베어 버렸다.

이제 조조는 원소가 다스리던 옛 영토를 모두 손안에 넣었다.

"원희와 원상이 남았다. 놈들의 숨통을 끊어 놓아라!"

조조의 명에 따라 대군이 다시 전쟁 준비에 들어갔다. 소식을 들은 원희와 원상은 겨우 병사 수천 명만 이끌고 요동 쪽으로 빠르게 달아났다. 그런 뒤 요동 태수 공손강의 세력을 등에 업고 전쟁을 일으킬 준비를 했다.

"그냥 내버려 두도록 하게. 머지않아 공손강이 두 형제의 목을 보내 올 테니."

조조는 섬뜩할 만큼 차분했다.

조조의 생각대로 공손강은 요동 땅까지 도망쳐 온 원희와 원상을 도와야 할지 말아야 할지 고민에 빠졌다.

"비둘기는 까치의 둥지를 빌리면 어느 틈엔가 까치를 내쫓고 그곳을 자신의 둥지로 삼습니다. 원씨 형제도 언제 비둘기로 변할지 알 수 없는 일입니다. 차라리 이번에 그들의 목을 조조에게 보내는 게 평화를 유지하는 방법입니다."

공손강은 부하들의 의견을 받아들이기로 했다. 그래서 원씨 형제에게 사람을 보내 그들을 술자리에 초대했다.

"드디어 조조의 군대와 싸우러 나갈 때가 되었나 보다."

원희와 원상은 들뜬 마음으로 공손강을 만나러 갔다. 하지만 그들이 들어간 방에는 방석 하나 없을 뿐만 아니라 불도 피우지 않아 차디찼다.

"우리의 자리는 어디인가?"

원희와 원상이 물었다.

"이제 너희 두 사람의 목은 먼 길을 떠나야 하거늘 어찌 따뜻한 자리가 필요하겠느냐?"

공손강이 큰 소리로 웃으며 대답했다. 그는 말을 마치자마자 장막 뒤를 돌아보며 가만히 신호를 보냈다. 무사 십여 명이 단검을 들고 우르르 몰려나오더니 원씨 형제의 옆구리를 찔렀다. 그리고 순식간에 원희와 원상의 목을 베었다.

북방을 차지한 조조는 이어서 남방 쪽으로 고개를 돌렸다. 하지만 기주성이 마음에 들었던 터라 일 년 동안 공사를 해서 장하 강변에 동작대를 쌓았다. 그 웅대한 건물을 중심으로 양쪽에 누대*와 고각*을 세운 뒤 각을 옥룡 누를 금봉이라 이름 붙였다. 또한 난간과 난간 사이에 무지개와도 같은 홍교 일곱 개를 놓았다.

"노후에는 이곳에서 한가롭게 시나 지으며 살고 싶구나."

조조가 작은 아들인 조식에게 말했다. 조조의 아들 중에 시를 짓는 재주를 물려받은 아들은 둘째 조식뿐이었다. 그랬기에 조조는 평소 그를 특히 아끼고 사랑했다.

"형을 잘 따라 이 아비가 북방을 평정한 업을 헛되이 하지 말라."

조조는 조식을 첫째 아들 조비와 함께 업성에 남겨 두었다. 그렇게 해서 조조의 군대는 약 삼 년 동안에 걸친 원정을 마치고 유유히

누대 누각처럼 높은 건물. | **고각** 높게 지은 집이나 누각.

허창으로 돌아갔다.

유표는 유비를 불러 한탄하며 의견을 물었다.

"근심의 싹은 끊이지 않는 모양이오. 귀공이 우리 형주에 있는 한 크게 걱정할 필요는 없겠으나 한중의 장로와 오의 손권은 언제나 골칫거리가 아닐 수 없소. 게다가 남월은 수시로 경계를 넘나들며 우리를 괴롭히고 있소."

"그렇다면 장비에게 남월의 경계를 지키게 하고 관우에게 고자성을 지키게 하고 조운에게 병선을 이끌게 하여 삼강의 수비를 맡기는 것이 어떻겠습니까? 그들이 굳게 지키면 어떠한 적도 형주에 발을 들여놓지 못할 것입니다."

유비의 말에 유표는 기쁨을 감추지 못했다. 그러고는 유비와 나눈 이야기를 채모에게 전했다.

채모는 유표의 부인인 채씨의 오빠였다. 채모는 유표의 이야기를 듣고 후각으로 가 여동생에게 속삭였다.

"네가 넌지시 말씀을 드리는 게 좋겠다. 내가 말씀을 드리면 아무래도 오해를 할 수 있을 테니."

채 부인은 곧장 유표에게 가서 유비를 헐뜯었다.

"유비를 뭘 보고 믿으세요? 멍석을 팔던 촌사람이잖아요. 아우인 장비는 강도 짓을 했다고 하고요. 그 사람들이 우리 성에 온 뒤로 왠지 성안의 분위기가 좋지 않아요. 대대로 우리 집안을 섬겨 오던 신하들 역시 마음이 상한 듯하고요."

유표는 채 부인의 말을 들은 뒤 왠지 모르게 불안한 마음이 들었다. 그래서 유비를 조그마한 지역으로 보내기로 결심했다.

며칠 뒤 유표가 유비에게 말했다.

"하남의 양양 옆에 신야라는 곳이 있소. 그곳에 여러 무기와 군량을 마련해 두었으니 부하들을 데리고 가서 그곳을 좀 지켜 주셨으면 하오."

유비는 유표의 말에 따라 신야로 떠났다.

신야는 일개 지방의 작은 성이었다. 하지만 그곳으로 온 뒤 유비는 아들 유선을 얻는 기쁜 일이 생겼다. 아이가 태어난 날 새벽에는 학 한 마리가 관아의 지붕 위로 날아와 사십 번을 울고 서쪽으로 날아가기도 했다. 또한 부인이 북두칠성을 마시는 꿈을 꾸었기에 유선을 '아두'로 부르기도 했다.

그즈음 조조의 원정은 기주에서 요서까지 이르러 있었기에 허창은 거의 빈 성이나 다름없었다.

"지금이야말로 뜻을 천하에 펼칠 때입니다."

유비가 몇 번이고 권했으나 유표의 대답은 언제나 똑같았다.

"형주의 아홉 개 지역을 지키고만 있으면 집안은 더욱 부유해지고 영토는 더욱 번성할 걸세. 여기에 무엇을 더 바라겠는가?"

유표의 말에 유비는 실망하고 말았다. 유표는 큰 뜻을 펼치기보다 집안일에 더 마음을 쓰고 있었던 것이다.

유비는 예전에 유표가 털어놓은 이야기를 가만히 생각해 보았다. 유표에게는 두 아들이 있었다. 첫째 아들인 유기는 전처인 진 부인이 낳았으며, 둘째 아들인 유종은 채 부인이 낳았다. 유기는 총명하기는 했으나 몸이 약했다. 이에 유표가 유종을 후계자로 세우려 했다. 하지만 주변에서 차남을 후계자로 세우면 집안이 어지러워진다는 말에 유표는 어쩔 수 없이 단념했다. 그러자 채 부인과 채모가 뒤에서 유표를 부추기며 혼란을 주고 있었다.

"오랫동안 좋은 옷과 기름진 음식에 길들여진 탓인지 허벅지에 살이 붙었습니다. 전에는 늘 몸을 말 위에 두고 온갖 고난과 역경 속에서 지냈는데 언제부터 군살이 붙은 것인지……. 이렇게 덧없이 늙어만 간다고 생각하니 절로 눈물이 납니다."

유비가 눈물을 글썽이며 말하자 유표가 문득 떠올랐다는 듯 말했다.

"예전에 귀공과 조조가 허창에서 푸른 매실에 데운 술을 마시며 함께 영웅을 논했을 때, 누가 한 말인지는 모르겠으나 '천하에 영웅이라 할 수 있는 자는 자네와 나 정도밖에 없다'고 했다는 말을 들었소. 그중 한 사람인 귀공이 얼마 전부터 형주 부근에 머물러 주니 이 유표는 얼마나 마음이 든든한지 모르오."

"조조 따위가 뭐 그리 대수겠습니까. 만약 제가 빈약하나마 한 개 주를 가지고 있고 그에 걸맞은 병력만 갖추고 있다면……."

유비는 유표의 얼굴색이 변하는 것을 보고 말끝을 흐렸다. 그리고 거듭 술을 마시고 크게 취한 척하며 그 자리에서 잠들어 버렸다. 유비는 큰 소리로 코를 골았고 침까지 흘리며 잠을 잤다.

유표는 의심 가득한 눈길로 유비의 잠든 얼굴을 살펴보았다. 그는 두려운 마음이 들었다. 마치 자신의 집 안에 커다란 용이 누워 있는 것만 같았기 때문이다.

'역시 무서운 인간이로구나!'

유표는 서둘러 자리에서 일어났다. 그러자 병풍 뒤에 숨어 있던 아내 채 부인이 다가와 속삭였다.

"조금 전 유비가 한 말을 어떻게 생각하세요? 평소에는 숨기고 있으나 술을 마시면 속마음이 드러나는 법이에요. 그동안 속으로 품고 있던 말을 한 거라고요. 저는 무서워서 소름이 다 돋았어요."

"흠……."

유표는 크게 한숨을 내쉬더니 말없이 안채로 들어갔다. 남편의 우유부단한 태도에 채 부인은 조바심이 났다. 하지만 남편이 유비에게 깊은 의심을 품게 된 것만은 틀림없는 사실이라고 생각했다.

채 부인은 오빠 채모를 급히 불러 의논했다.

"어떻게 하면 좋겠어요?"

"내게 맡겨 두어라."

다음 날 채모는 유표를 찾아갔다.

"지난 몇 년 동안 오곡이 잘 익어 풍년이 계속되고 있습니다. 이러한 때 각지의 관리를 양양으로 불러 사냥으로 그들을 위로하고 잔치를 벌이는 게 어떻겠습니까?"

유표는 바로 머리를 내저었다. 그러더니 찡그린 얼굴로 왼쪽 허벅다리를 쓰다듬으며 말했다.

"좋은 생각이기는 하오만, 나는 요즘 몸이 아파 갈 수가 없소. 대신 유기나 유종을 보내도록 하겠소."

채모는 최근 유표가 신경통 때문에 밤에도 잠을 자지 못한다는 사실을 채 부인에게 들어 잘 알고 있었다.

"글쎄요. 나이 어린 도련님들이 대신 가면 손님들에게 오히려 실례가 될 듯합니다."

"그렇다면 신야에 있는 유비가 어떻소? 내 아우뻘 되는 사람이기도 하니 그에게 청하여 잔치를 맡아 달라고 하면 어떻겠소?"

"참으로 좋은 생각이십니다."

채모는 속으로 기뻐하며 당장 유비에게 유표의 뜻을 전했다.

유비는 조운 한 사람만을 데리고 양양의 모임에 참석하기 위해 떠났다. 양양은 신야에서 꽤 멀리 떨어진 곳에 있었다. 그날 모임에 참석한 사람은 수만 명에 이르렀다.

드디어 잔치가 시작되었다. 유비가 유표를 대신해 인사를 하자, 요란한 음악 속에서 요리와 술이 식탁 가득 차려졌다.

그러는 사이 채모는 몇몇 사람과 짜고 유비를 없앨 계획을 세웠다. 하지만 유비 곁에서 한시도 떨어지지 않는 조운이 마음에 걸렸다.

"먼저 조운을 떼어 놓아야 합니다. 문빙과 왕위에게 조운을 다른 자리로 데려가게 한 뒤 계획대로 일을 처리하면 별 어려움 없이 성공할 수 있을 것입니다."

문빙과 왕위는 지시를 받은 대로 유비 뒤에 눈을 부릅뜨고 서 있는 조운에게 다가갔다. 그러고는 너스레를 떨며 술을 권했다.

"한잔 드십시오. 그리 꼿꼿이 서 있기만 하면 너무 힘들지 않습니까? 오늘은 아래위 가리지 않고 모두 하나가 되어 크게 즐기는 날이니 장군께서도 편히 즐기시기 바랍니다. 따로 자리를 마련하여 우리 무사들끼리 실컷 마시도록 합시다."

"저는 사양하겠습니다."

조운이 쌀쌀맞게 대답했다.

조운은 아무리 권해도 한 발짝도 움직이려 하지 않았다. 문빙과 왕위가 화도 내지 않고 끈질기게 권하는 모습이 안쓰럽게 보였는지 유비가 조운을 돌아보며 말했다.

"이보게, 조운. 자네는 괜찮을지 모르겠지만 그렇게 서 있기만 하면 부하들도 쉴 수가 없지 않은가? 또한 간곡히 권하는데 너무 거절만 하는 것도 예의가 아닐세. 두 장군의 말씀대로 잠시 가서 쉬고 오도록 하게."

조운은 어쩔 수 없다는 듯한 얼굴로 문빙과 왕위를 따라갔다.

조운이 사라진 뒤 채모가 유비를 후원으로 불러냈다. 그때 형주에 손님으로 온 이적이 유비에게 살짝 귀띔을 했다.

"지금 채모가 귀공의 목숨을 노리고 있습니다. 곧바로 서문 쪽으로 달아나도록 하십시오. 다른 문에는 병사들을 숨겨 놓았습니다."

이적의 말에 위험을 느낀 유비는 곧 말을 타고 달아났다. 유비가 달아난 사실을 알게 된 채모는 안타까웠지만 다음을 기약하기로 했다. 한편 조운은 유비가 사라진 것을 알고 양양성 안팎을 샅샅이 뒤졌지만 그 어디에서도 유비를 찾지 못했다.

저녁달 아래서 유비는 홀로 널따란 벌판을 헤매고 있었다.

"아아, 나도 벌써 마흔일곱이 되었건만, 이 쓸쓸한 그림자는 언제까지 덧없이 떠돌아다녀야 하는 건지."

그 순간 저 멀리 맞은편에서 피리 소리가 들려왔다. 이윽고 저녁 안개 사이로 소를 탄 동자가 나타났다.

"장군께서는 혹시 예전에 황건적의 난에서 승리를 거두신 유비 장군님이 아니십니까?"

유비가 놀라 눈을 둥그렇게 뜨며 대답했다.

"그렇다만, 어찌 내 이름을 알고 있는 게냐?"

"저희 스승님께서 평소 하신 말씀을 듣고 어떤 분일까 마음속으로 늘 궁금해했습니다."

"네 스승님이란 어떤 분이시냐?"

"사마휘라는 분입니다. 양양의 명사들과는 전부 왕래가 있습니다. 특히 방덕공, 방통자 두 분과 각별히 친하게 지내십니다."

"네 말을 듣고 나니 나도 네 스승님을 뵙고 싶구나."

"스승님도 귀한 손님이 오셨다며 기뻐하실 겁니다."

동자가 소를 몰아 길을 안내했다. 그리고 사마휘가 초당 안으로 유비를 맞아들였다.

"어쩌다 이렇게 옷까지 젖으셨습니까?"

유비가 모든 사실을 털어놓자 사마휘는 있을 법한 일이라는 듯 몇 번이고 고개를 끄덕였다.

"참으로 안타깝습니다. 솔직히 말씀드리면 장군 주변에 좋은 사

람이 없어서 뜻을 못 펼치시는 것입니다."

"뜻밖의 말씀이십니다. 제가 여러모로 부족하기는 하나 생사를 함께하기로 맹세한 관우, 장비, 조운 등이 있습니다. 결코 사람이 없다고는 생각하지 않습니다."

"관우, 장비, 조운 등은 혼자서 천 명을 당해 낼 수 있는 용맹을 가지고 있으나 임기응변의 재주가 없습니다. 지금 천하의 영재는 모두 양양에 모여 있습니다. 와룡이나 봉추 중에 한 명을 얻으면 틀림없이 천하가 손바닥 안에 들어올 것입니다."

"이 유비, 여러 가지로 부족하기는 하나 선생님을 신야로 모시고 싶습니다. 그래서 함께 한나라 황실을 부흥시키고 백성을 구하고 지금의 어지러움을 가라앉히고 싶습니다."

사마휘가 껄껄 웃으며 대답했다.

"저는 산속에서 한가로이 지내는 자에 불과합니다. 저보다 열 배, 백 배는 뛰어난 자가 곧 장군을 돕게 될 것입니다."

"그렇다면 와룡과 봉추를 찾아가라는 말씀이십니까?"

그때 동자가 밖에서 큰 소리로 외쳤다.

"병사 수백 명을 거느린 장군이 찾아왔습니다!"

유비가 나가 보니 그들은 다름 아닌 조운과 병사들이었다.

떠돌이 무사를 만나다

유비와 조운은 서로를 보고 뛸 듯이 기뻐했다.

"내가 여기에 있는 걸 어찌 알았는가?"

"무사하셔서 참으로 다행입니다. 이 마을에 사는 농부가 알려 주어 급히 모시러 온 것입니다."

"사람들 눈에 더 띄기 전에 어서 신야로 돌아가십시오."

사마휘의 걱정에 유비는 바로 인사를 하고 길을 나섰다. 마침내 신야로 돌아온 유비는 부하들을 한자리에 모아 놓고 그동안 겪은 일을 이야기했다.

"어젯밤 양양의 모임에서 하마터면 채모의 손에 죽을 뻔했으나 운 좋게 살아 돌아왔소."

"채모가 자신의 죄를 덮으려고 주공에 대한 거짓말을 할 수도 있으니, 유표에게 먼저 사실을 알리는 게 좋겠습니다."

손건의 말을 듣고 유비를 비롯한 모든 사람이 고개를 끄덕였다.

유비는 급히 편지를 써서 유표에게 보냈다. 유비의 편지를 읽은 유표는 불같이 화를 내며 채모의 목을 베라고 명령했다. 하지만 부인 채씨가 눈물로 애원하자 채모의 목숨을 살려 주었다. 그런 뒤 아들 유기를 신야로 보내 유비에게 사과의 뜻을 전했다.

유비가 유기를 배웅하고 성안으로 들어가려는데 떠돌이 무사가 성 주변을 서성거렸다. 유비는 혹시 그가 사마휘가 말한 와룡이나 봉추 중 한 사람이 아닐까 생각했다.

"이보시오. 우리는 그냥 스쳐 지날 인연이 아닌 것 같소이다. 괜찮다면 성안으로 들어가 술잔을 나누지 않겠습니까?"

"하하하, 그렇게 말씀하시니 감사할 따름입니다. 그럼 함께 가도록 하지요."

유비는 떠돌이 무사에게 술을 권하며 이름을 물었다.

"저는 영상 사람으로 선복이라 합니다. 도와 병법을 조금 배우기는 했으나 이곳저곳을 떠돌아다니는 한낱 나그네에 지나지 않습니다."

선복은 더는 말하지 않으려는 듯 화제를 다른 곳으로 돌렸다.

"그나저나 조금 전 장군께서 타고 계시던 말은 반드시 주인을 해하는 말입니다. 하지만 미리 재앙을 방지할 방법이 없지는 않습니다."

"그것이 무엇입니까?"

"이 말을 잠시 다른 사람에게 주어 그 사람이 해를 입고 난 뒤 다시 장군께서 타시는 겁니다."

유비는 갑자기 얼굴을 일그러뜨리며 술잔을 내려놓았다.

"당장 돌아가시오. 인의를 가르치기는커녕 내게 남을 해하라고

하다니!"

"으하하하핫!"

선복이 손뼉을 치며 유쾌하게 웃었다.

"과연 장군은 소문과 다르지 않은 훌륭한 분이십니다. 노여움을 푸십시오. 사실은 일부러 그런 소리를 하여 장군의 마음을 떠본 것입니다. 저는 그동안 장군의 이름을 가슴에 새기며 흠모하고 있었습니다."

유비는 사마휘를 만난 뒤 능력 있는 인물을 찾고 있었다. 그런 유비의 눈에는 선복이 믿음직스러워 보였다.

"이렇게 귀한 인재를 만나다니, 오늘은 참으로 기쁜 날이오. 앞으로 군대를 맡아 지휘해 주시오."

선복이 군대의 지휘를 맡은 뒤 병사의 숫자는 많지 않았지만 눈에 띄게 강해졌다.

그즈음 조조는 부하들에게 병사 오천 명을 내주며 신야를 공격하게 했다.

"선복, 어찌하면 좋겠는가?"

유비가 묻자 선복이 자신 있게 대답했다.

"걱정하실 것 없습니다. 우리가 비록 약소하기는 하나 전군을 동원하면 이천 명쯤은 될 것입니다. 적은 오천 명이라고 하니 마침 좋은 연습 상대가 될 듯합니다."

선복은 이번 싸움에서 처음으로 앞장서 군대를 지휘했다. 선복의 지휘는 놀라웠다. 적을 꾀어내고, 적을 흐트러뜨리고, 또 그렇게 흩어진 적을 하나씩 무너뜨렸다.

"같잖은 놈! 당장 신야로 병사를 이끌고 가 그놈에게 따끔한 맛을 보여 주겠다."

조조의 동생 조인은 지난번보다 다섯 배나 많은 병사 이만오천 명을 이끌고 신야로 향했다. 그러다 보니 유비의 진영에서는 승리의 잔을 들 틈도 없이 맞서 싸워야 했다.

"조인이 병사들을 이끌고 이곳으로 오고 있으니 번성은 틀림없이 비어 있을 것입니다. 지금 그 성을 차지하는 건 식은 죽 먹기입니다."

선복의 태도는 무척이나 여유로웠다. 선복은 조인의 군대가 가까이 올 때까지 기다렸다. 그리고 조인의 군대 쪽을 가리키며 유비에게 말했다.

"저기를 좀 보십시오. 적은 팔문금쇄진 병법을 펼쳐 놓고 있습니다. 하지만 안타깝게도 중심이 되는 부분이 허술합니다."

"팔문이란 무엇을 말하는가?"

"여덟 개의 문을 말하는데, 생문, 경문景門, 개문으로 들어가면 길하나, 상문, 휴문, 경문驚門으로 들어가면 반드시 해를 입으며, 두문, 사문으로 들어가면 반드시 죽음을 맞이하게 됩니다. 그러니 우리는 생문으로 들어가 서쪽의 경문景門으로 나오면 실이 빠진 것처럼 뜯어져 전군이 어지러워질 것입니다."

유비는 곧바로 조운을 불러 선복의 의견대로 명을 내렸다. 조운이 명을 받고 달려 나가자 조인의 군대는 단번에 무너져 버렸다. 비록 유비의 군대는 소수였지만 많은 적을 쓰러뜨리며 승리의 기쁨을 누렸다.

조인은 간신히 목숨을 건져 번성으로 정신없이 달렸다. 하지만 미리 그곳을 공격한 관우가 성문을 열어젖히며 말했다.

"패장 조인, 어서 오너라. 유 황숙의 아우 관우가 너를 맞으리라."

관우와 병사들이 우르르 쏟아져 나오자 조인은 깜짝 놀랐다. 그래서 말에 채찍을 휘두르며 산을 넘고 강을 건너 허창으로 달아났다.

유비는 번성으로 들어간 뒤 백성부터 챙겼다. 그리고 같은 집안 사람인 유필의 집을 찾았다.

"이보다 더한 영광도 없을 것입니다."

유필의 가족이 모두 밖으로 나와 유비를 맞이했다. 유필 곁에는 소년 하나가 서 있었는데, 옥과 같은 기품이 느껴졌다.

"이 아이의 이름은 구봉입니다. 어렸을 때 부모를 잃어 제가 아들처럼 키우고 있습니다."

유비는 구봉이 매우 마음에 들었기에 양자로 삼게 해 달라고 청했다. 유비의 말을 듣고 유필과 구봉도 기뻐했다. 구봉은 그 자리에서 성을 유로 고치고, 유비를 아버지로 모시게 되었다.

유비는 번성을 조운에게 맡기고 신야로 돌아갔다.

허창은 해를 거듭할수록 화려해지고 번창했다. 그러한 때 조인은 벌거숭이나 다름없는 모습으로 몇 명 안 되는 병사들을 데리고 허창으로 돌아왔다.

"싸우다 보면 이길 때도 있고 질 때도 있는 법이네."

조조가 호탕하게 웃으며 위로했다. 다만 조조는 유비의 군대가 어떻게 이길 수 있었는지가 궁금했다.

"혹시 지금껏 유비를 도왔던 자들 외에 새로운 자가 있었는가?"

"네, 선복이라는 자가 있었습니다."

"선복? 처음 들어보는 이름인데?"

그때 정욱이 나서서 선복에 대해 자세히 이야기했다.

"그는 의롭고 마음이 곧습니다. 어렸을 때부터 칼 쓰기를 좋아했는데, 한번은 원수를 찔러 쫓기는 신세가 되었습니다. 그 뒤로 이름을 서서에서 선복으로 바꾸고 각지를 돌아다니며 학문을 익혔습니다. 몇 해를 그렇게 보내고 지금은 사마휘의 무리와 가까이하며 지내고 있습니다."

조조가 길게 한숨을 내쉬었다.

"참으로 안타깝구나. 그런 인물을 미처 알지 못해 유비에게 빼앗기고 말다니. 뒷날 그는 틀림없이 커다란 공을 세울 걸세."

"승상, 그렇게 탄식하기에는 아직 이릅니다. 서서가 유비를 따르기 시작한 것은 최근에 생긴 일입니다. 그가 유비를 위해 커다란 공을 세우기 전에 그의 마음을 돌리는 것은 그리 어려운 일이 아닙니다."

"어떻게 그럴 수 있단 말이냐?"

"서서는 어렸을 때 아버지를 잃어 지금은 늙은 어머니밖에 없습니다. 어렸을 때부터 효자로 이름이 높았으니, 혼자 있는 어머니에 대한 걱정이 클 것입니다. 그러니 사람을 보내 서서의 어머니를 모셔온 뒤 어머니에게 아들을 부르게 하는 것입니다. 그러면 효심이 깊은 서서는 밤을 낮 삼아 이곳으로 달려올 것입니다."

"좋은 생각이다."

조조는 정욱의 말대로 일을 진행시켰다.

며칠 뒤 서서의 어머니가 허창에 도착했다. 그녀의 모습은 참으로 소박했다.

"아드님이 지금 선복이라는 가명을 쓰며 신야에서 유비를 섬기고 있다고 들었습니다. 어째서 아드님이 떠돌이 도적 떼를 따르고 있는지 모르겠습니다."

조조의 말에 서서의 어머니는 아무 말도 하지 않았다.

"저는 아드님의 재주를 많이 아끼고 있습니다. 아드님을 이곳으로 불러 훌륭한 대장이 되게 하고 좋은 저택에서 수많은 하인을 거느리며 살아가게 하고 싶습니다. 그러니 어머님께서 서서에게 편지를 한 통 써 주십시오."

"승상, 보시다시피 저는 세상일을 전혀 모르는 시골 늙은이에 지나지 않습니다. 하지만 유 황숙에 관해서는 산속 나무꾼도, 논에서 소를 끄는 노인도 잘 알고 있습니다. 그분은 그야말로 백성들을 위해 태어나신 당세*의 영웅이며 참된 인자*인 것을요."

조조가 일부러 큰 소리로 웃으며 대답했다.

"하하하하. 겉으로는 군자*인 척하나 속으로는 무서운 음모를 꾀하는 자입니다. 순진한 시골 사람들을 속이고 괴롭히는 도적과 다르

당세 바로 이 시대. | **인자** 마음이 어진 사람. | **군자** 어질고 점잖으며 덕망과 학식이 높은 훌륭한 사람.

지 않습니다. 아드님을 위해, 또 어머님의 노후*를 위해 어서 편지를 쓰십시오."

서서의 어머니가 갑자기 머리를 힘껏 흔들었다.

"아니, 싫습니다. 제 아들을 위해서입니다. 설령 여기서 목숨을 잃는다 해도 어미 된 자로서 결코 붓을 들 수 없습니다."

"뭣이, 싫다고!"

조조가 얼굴을 일그러뜨렸다.

"아무리 시골 늙은이라고는 하지만 옳고 그름은 구분할 줄 압니다. 한나라의 역신이란 곧 승상 자신을 말하는 것 아닙니까? 어찌 자신의 아들을 밝은 주인에게서 떠나 어둠 속으로 가게 할 수 있겠습니까?"

"이 늙은이, 나보고 역신이라 했느냐! 당장 이 할망구의 목을 쳐라."

그 순간 서서의 어머니가 벼루를 집어 조조를 향해 던졌다. 조조는 벼락같이 화를 내며 칼을 빼어 들었다. 그러자 정욱이 달려와 조조를 말렸다.

"승상, 노여움을 가라앉히십시오. 서서의 어머니를 해하시면 서서는 승상을 어머니의 원수로 생각해 더욱 마음을 다하여 유비를 섬길 것입니다. 그리고 승상은 힘없는 늙은이를 죽였기에 사람들에게 원망을 듣게 될 것입니다."

조조는 한숨을 내쉬며 칼을 내려놓았다.

노후 늙은 뒤를 가리킨다.

그 뒤로 정욱은 서서의 어머니를 친어머니처럼 보살폈다. 날마다 맛있는 음식을 보내고 좋은 옷을 지어 보내기도 했다. 그렇다 보니 서서의 어머니는 정욱에게 편지를 써서 감사의 뜻을 전했다. 정욱은 편지를 읽으며 서서의 어머니 글씨체를 눈여겨보았다. 그런 다음 그 글씨체를 흉내 내어 편지를 썼다. 그리고 편지를 신야에 있는 서서에 게 보냈다.

서야, 별일 없이 지내느냐? 나는 조 승상의 명으로 지금 허창에 와 있다. 아들이 역신을 돕는다는 죄로 어미까지 옥에 갇힐 처지에 놓였 지만 정욱의 도움으로 편안히 지내고 있다. 네가 하루라도 빨리 어미 곁으로 와 주면 좋겠다.

서서는 어머니의 편지를 읽고 눈물을 줄줄 흘렸다.

다음 날 서서는 날이 채 밝기도 전에 유비를 찾아갔다. 그러고는 어머니의 편지를 내밀며 말했다.

"주공, 사실 제 진짜 이름은 서서입니다. 선복이라는 이름은 고 향에서 난을 피해 달아날 때 붙인 이름입니다. 사마휘 선생께서 유 황숙을 찾아가 섬기라는 말씀에 한걸음에 신야로 왔습니다. 게다 가 주공께서는 저를 보자마자 믿고 군대의 지휘권을 주셨습니다. 그 런데 참으로 드리기 어려운 말씀이지만, 제게 얼마간 시간을 주시면 허창으로 가서 어머니를 보살핀 뒤 돌아오고 싶습니다. 주공께서 저 를 버리지만 않으신다면 반드시 돌아올 것입니다."

"당연히 그렇게 해야지. 어머니가 살아 계실 때 잘 모셔야 하네."

유비는 흔쾌히 허락했다. 하지만 유비의 부하들은 서서가 허창으로 가는 것을 반대했다.

"서서를 허창으로 보내면 안 됩니다. 그를 붙잡고 있으면 조조는 서서의 어머니를 없앨 것입니다. 그렇게 되면 서서는 조조를 원수로 삼아 무너뜨리려고 평생을 바칠 것입니다."

"그럴 수는 없소. 나는 그처럼 어질지 못한 일은 할 수가 없소. 다른 사람에게 그 어머니를 죽이게 하고 그 아들을 자신의 이익을 위해 쓰다니, 말도 안 되는 일이오."

유비는 아주 멀리까지 나가 서서를 배웅했다. 유비의 손은 서서의 손을 굳게 쥔 채 놓지 못했다. 흐르는 눈물과 함께 손 역시 떨며 울고 있는 듯했다.

"이제 그만 떠나겠습니다."

서서는 마침내 유비의 손을 뿌리치고 말갈기에 얼굴을 묻은 채 길을 떠났다. 각 장군들도 일제히 손을 흔들며 떠나는 뒷모습에 인사를 했다.

유비는 아쉬운 마음을 뒤로하고 성으로 향했다. 그렇게 얼마쯤 갔을 때, 뒤에서 서서가 부르는 소리가 들렸다.

"마음이 어지러워 중요한 말씀을 올린다는 것을 잊었습니다. 양양에서 서쪽으로 가면 융중이라는 마을이 있습니다. 거기에 자는 공명이며 이름은 제갈량이라는 선비가 살고 있습니다. 제갈풍의 후손으로 아버지는 제갈규라는 사람인데 일찍 세상을 등져 숙부인 제갈현을 따라 형제가 이 지역으로 오게 되었습니다. 그의 집이 있는 곳에 용이 누워 있는 모습과 같은 언덕이 있어 사람들이 그 언덕을 와룡강이라 부르고, 그를 가리켜 와룡 선생이라고 합니다. 그 사람을 꼭 찾아가 보시기 바랍니다."

"그 말을 들으니 생각나는 일이 있소. 사마휘 선생께서 말씀하시기를, 와룡이나 봉추 중 한 사람을 얻으면 천하를 평정할 수 있을 거라고 하셨소. 바로 제갈 공명이라는 사람이 그중 한 명인 것이오."

"그렇습니다. 와룡, 그 사람이 바로 공명 제갈량입니다."

"그렇다면 혹시 그대가 봉추는 아니오?"

서서가 손을 내저었다.

"아닙니다. 봉추란 양양의 방통을 말하는 것입니다."

"지금 내가 살고 있는 이곳에 그런 분들이 숨어 있을 줄이야!"

"주공, 제갈량의 오두막을 꼭 찾아가 보시기 바랍니다."

서서는 마지막으로 다시 한 번 절을 하고 허창을 향해 바람처럼 달려 나갔다.

깊은 연못에 숨은 용

제갈풍은 원제 시절의 사람으로 성품이 올곧았다. 그는 법을 지키지 않는 사람은 그 누구라도 용서하지 않았다. 황제 원제의 친척 중 허장이라는 사람이 있었는데 그는 자꾸 법을 어겼다. 그러던 어느 날, 또 허장이 황제만을 믿고 법을 어겼다. 제갈풍은 법에 따라 허장을 다스렸고 황제의 미움을 사 벼슬을 빼앗기고 고향으로 내려가게 되었다.

제갈풍의 후손 제갈량은 삼 형제 가운데 둘째였다. 형인 제갈근은 일찍이 낙양의 대학에서 유학을 했다. 그사이 그의 친어머니가 세상을 떠나고 아버지는 두 번째 부인을 얻었다. 그런데 그 부인을 남겨 두고 이번에는 아버지 제갈규가 세상을 떠나고 말았다. 그때 제갈량의 나이는 열네 살이었다.

"앞으로는 세상이 얼마나 더 어지러워질지 알 수 없습니다. 황건적의 난이 각 주의 난이 되었습니다. 결국에는 낙양에까지 불이 옮겨 붙었습니다. 이 북쪽 땅도 곧 전쟁에 휩싸이게 될 것입니다. 우선은 남쪽으로 내려가 강동에 계신 숙부께로 가야 합니다."

낙양에서 학업을 마치고 돌아온 제갈근은 의붓어머니와 동생들을 데리고 남쪽으로 떠났다. 그들은 힘들게 숙부인 제갈현의 집에 도착했다. 장안에서 동탁이 살해당한 그다음 해였다. 그곳에서 반년쯤 머무르자 유표와 인연이 있던 제갈현이 형주로 가게 되었다. 그때 둘째 제갈량과 셋째 제갈균은 숙부의 가족들과 함께 형주로 갔으나 첫째 제갈근은 의붓어머니 장씨와 함께 오로 떠났다. 그리고 칠 년 뒤 제갈근은 벼슬을 얻어 손권을 섬기게 되었다.

한편 숙부인 제갈현은 유표의 명을 받아 예장을 다스리게 되었다. 숙부가 태수가 되었지만 예장은 오에 비하면 문화와 생활이 많이 뒤떨어진 곳이었다. 게다가 예장 사람들 중에는 제갈현을 반대하는 무리도 있었다.

"제갈현은 한나라 황실에서 임명한 태수가 아니다."

실제로 한나라 황실에서는 주호라는 사람을 태수로 임명했다. 그렇다 보니 제갈현은 예장에서 쫓겨날 수밖에 없었고 얼마 뒤 목숨을 잃고 말았다.

제갈량과 제갈균은 한순간에 숙부를 잃고 세상의 쓴맛을 봐야 했다. 제갈량은 열일곱 살이 되던 해 석도의 제자가 되었다. 그 무렵 석도의 제자 중에는 서서와 맹건이 있었다. 서서와 맹건은 제갈량보다 나이가 많았고 학문도 훨씬 깊었다. 그러나 그들은 제갈량을 결코 가벼이 보지 않았다.

제갈량은 스무 살 무렵 석도를 떠나 동생 제갈균과 함께 시골 오두막으로 들어갔다.

"나는 학문을 위해서만 학문을 하는, 논의를 위해서만 논의를 하는 무능한 사람이 되고 싶지 않다."

사람들은 그런 제갈량을 비웃었다. 제갈량을 인정했던 사람들까지 날이 갈수록 그를 멀리했다. 그를 변함없이 찾는 사람은 서서와 맹건뿐이었다. 어느 날 맹건이 불쑥 제갈량을 찾아와 말했다.

"곧 고향으로 돌아갈 생각이네. 오늘은 인사차 들렀네."

"어째서 고향으로 돌아가시는 겁니까?"

"딱히 이유가 있는 것은 아니네만 양양은 너무나 평화롭다네. 그러니 우리 같은 사람한테 맞지 않는 지루한 곳이라네."

그 말을 들은 제갈량이 조용히 머리를 흔들며 말했다.

"아직 인생을 반도 걷지 않았는데 벌써 지루하다니요. 양양의 평화가 백 년이 가겠습니까? 형의 고향인 북쪽은 새로운 인물을 받아들이지 않을 것입니다. 오히려 남쪽으로 가셔서 때를 기다리십시오."

맹건은 제갈량의 말에 크게 깨닫고 집으로 돌아갔다.

어느덧 스물일곱 살이 된 제갈량은 남보다 유달리 키가 컸으며 몸이 마르고 얼굴이 희었다. 그는 가끔 긴 다리를 끌어 모으고 앉아 깊은 생각에 잠겼다.

'내가 있는 이곳 형주는 오, 촉, 위가 교차하는 곳이니 그야말로 대륙의 중심이다. 하지만 유표는 더는 다음 시대의 인물이 아니다. 영웅이 갑자기 하늘에서 내려오거나 땅에서 솟으면 얼마나 좋을까.'

한편 허창으로 달려가던 서서는 아무래도 마음이 놓이지 않았다.

'제갈량의 마음이 쉽게 움직이지 않을 거야. 제갈량을 보고 가도 많이 늦지는 않을 테니 인사도 할 겸 들러 봐야겠어.'

저 멀리 와룡강이 보였다. 서서는 말을 달려 언덕을 오르더니 제갈량의 오두막 안으로 들어섰다. 갑자기 들이닥친 서서를 보며 제갈량은 놀란 얼굴을 하였다.

"서 형, 무슨 일이 있으신 겝니까?"

"사실 나는 얼마 전부터 신야의 유 황숙을 모시고 있었다네. 그런데 고향에 계시던 어머니가 허창으로 끌려가셨지 뭔가. 그래서 어머니를 뵈러 허창으로 가는 중이라네."

"아, 그러셨군요. 잘 결정하셨습니다. 출세 따위는 언제든지 가능하지만 효도는 다 때가 있는 법이니까요."

"한 가지 간곡히 부탁할 일이 있어 찾아왔다네. 머지않아 유 황숙께서 자네를 찾아오시거든 거절하지 말고 부름에 응해 주게나. 꼭 좀 부탁하네."

"서 형께서는 저를 제사의 제물로 바칠 생각입니까?"

제갈량은 화를 내며 밖으로 나가 버렸다.

"언젠가는 내 뜻을 이해할 날이 오겠지."

서서는 하는 수 없이 자리에서 일어나 다시 허창을 향해 달려갔다. 그렇게 며칠을 달려 허창에 도착했고 드디어 조조를 만나게 되었다.

"제 어머니는 어디에 계십니까? 한시라도 빨리 어머니를 뵙고 싶습니다."

서서의 물음에 조조가 고개를 끄덕이며 대답했다.

"자네의 어머니는 정욱이 잘 보살펴 드리고 있네. 곧 만나게 될 걸세. 앞으로 오래도록 곁에서 모시며 아들의 도리를 다하도록 하게. 나 역시 자네 곁에 머물며 하루하루 바른 가르침을 듣고 싶네."

"은혜에 깊이 감사드립니다."

"그런데 자네처럼 효심이 깊고 학식*이 높은 선비가 어찌 유비 따위를 섬기는 것인가?"

"떠돌아다니다 우연히 만나게 되었을 뿐입니다."

서서는 대수롭지 않다는 듯 말하고는 어머니를 만나러 갔다.

"어머니! 서서입니다. 서서가 왔습니다."

그러자 서서의 어머니가 뜻밖이라는 듯한 표정으로 아들을 바라보았다.

"네가 신야에서 유 황숙을 모시게 되었다는 소식을 듣고 멀리서나마 기뻐했는데 여기는 무슨 일로 온 것이냐?"

"어찌 그런 말씀을 하십니까? 어머니께서 보내신 편지를 받고 밤을 낮 삼아 달려온 것입니다."

"너야말로 무슨 소리를 하는 게냐? 이 어미의 배 속에서 태어나 서른이 넘도록 겪었으면서도 이 어미가 아들에게 그런 글을 보내는 사람인지 아닌지도 모른단 말이냐?"

학식 학문과 사물을 옳게 볼 수 있는 능력을 가리킨다.

"하지만 여기에 편지가……."

서서가 신야에서 받았던 편지를 보이자 어머니가 더욱 꾸짖었다.

"이런 거짓 편지 때문에 유 황숙을 버리고 오다니!"

"어머니, 제가 생각이 짧았습니다."

서서가 고개를 숙이고 흐느꼈다.

"효에는 밝은 듯하나 충에는 어둡구나. 네가 유 황숙을 모시게 된 것은 너의 커다란 행복이며 이 어미한테도 자랑스러운 일이었는데……."

서서의 어머니는 소리 내어 울며 한탄했다. 그러고는 결심을 한 듯 다시 입을 열었다.

"늙은 어미가 네 앞길을 막은 꼴이 되었구나. 너를 위해서는 이 길밖에 없다."

말을 마치자마자 서서의 어머니는 스스로 목숨을 끊고 말았다.

"어머니…… 어머니!"

서서는 차가워진 어머니의 몸을 끌어안고 울부짖다 그 자리에서 쓰러졌다.

유비는 서서가 떠난 뒤 한동안 멍하니 지냈다. 그러던 어느 날 사마휘가 유비를 찾아왔다.

"시간을 내서 한번 찾아뵈려 했는데 먼저 찾아와 주시다니 참으로 송구스럽습니다."

유비의 말에 사마휘가 고개를 저으며 대답했다.

"아닙니다. 마침 이 근처에 볼일이 있어서 나왔다가 서서가 여기 머무른다는 얘기를 듣고 왔습니다."

"아, 서서 말씀입니까? 실은 시골에 계시던 어머니가 조조에게 사로잡혔는데 그 어머니가 편지를 보내 와 허창으로 떠났습니다."

"제가 서서의 어머니를 잘 알고 있는데 절대 푸념 섞인 편지를 보내 아들을 부를 분이 아닙니다. 분명히 조조가 꾸민 일입니다."

사마휘의 말에 유비도 깜짝 놀랐다.

"만약 서서가 가지 않았다면 어머니가 무사했을 텐데 서서가 갔으니 틀림없이 살아 계시지 않을 겁니다."

사마휘가 깊은 한숨을 내쉬었다. 유비 역시 서서와 그의 어머니를 떠올리니 마음이 아팠다.

잠시 뒤 유비는 서서의 마지막 말이 떠올랐다.

"서서가 떠나기 전에 제갈량이라는 인물을 소개했는데 선생님께서도 그를 알고 계시는지요?"

사마휘가 고개를 끄덕였다.

"가난한 자가 구슬을 아끼듯 자신의 이름을 아끼는 사람이지요. 그는 모든 방면에 재주가 있어 통하지 않는 것이 없습니다. 주나라 팔백 년 대업을 일으킨 태공망, 혹은 한나라 사백 년의 기초를 닦은 장자방에 비해 결코 뒤지지 않는 인물입니다."

사마휘는 그렇게 말하고는 자리를 떠났다. 그 뒤 유비가 부하들에게 말했다.

"사마휘 선생께서 저처럼 높이 평가하시니 제갈량은 틀림없이 깊은 연못에 숨은 용일 것이오. 하루라도 빨리 그를 만나러 가야겠소."

마침내 유비는 하루 시간을 내어 관우와 장비를 데리고 융중으로 향했다. 맑고 조용한 겨울날이었다.

"아아, 저곳인듯 합니다."

관우가 손가락으로 가리키며 유비를 돌아보았다. 유비가 고개를 끄덕이고는 말에서 내렸다. 대나무로 엮어 두른 울타리 밖에 동자* 하나가 나와 있었다.

"애야, 여기가 공명 제갈량 선생 댁이냐?"

"네, 그런데 선생님께서는 오늘 아침 일찍 나가셨습니다."

"그럼 언제쯤 돌아오시느냐?"

"어떤 때는 며칠, 또 어떤 때는 열흘이 지나야 오십니다. 그러니 언제 오실지 알 수 없습니다."

유비가 실망한 듯 멍하니 서 있자 곁에 있던 장비가 말했다.

"없다니 어쩔 수 없지 않습니까. 그만 돌아갑시다."

관우도 유비 곁으로 말을 끌고 와서 말했다.

"뒷날 사람이라도 보내 선생이 계신지 확인한 뒤 다시 오시는 게 어떻겠습니까?"

유비는 제갈량이 돌아올 때까지 기다리고 싶었으나 동생들의 재촉에 발걸음을 떼야 했다. 유비는 동자에게 말을 전해 달라 일러두고 힘없이 언덕길을 내려왔다. 그러고는 와룡강을 뒤로하고 신야로

___
동자 남자아이.

돌아갔다.

　신야에 돌아온 지 며칠 뒤 유비는 사람을 보내 제갈량이 집에 있는지를 알아보게 했다.

　"며칠 전 제갈량 선생이 집으로 돌아온 듯합니다. 지금 바로 출발하시면 이번에는 틀림없이 만나실 겁니다."

　유비가 급히 말을 준비하라고 명령했다. 그러자 장비가 불평 섞인 목소리로 말했다.

　"형님이 그 오두막에 또 찾아갈 필요가 있습니까? 그냥 사람을 보내 제갈량더러 오라고 하면 되지 않습니까."

　"예의가 아니다. 그래서야 어찌 제갈량 선생 같은 분을 모실 수 있겠느냐."

　"제갈량이 뭐가 그리 대단하다고요? 안 온다고 하면 장비가 달려가서 당장 끌고 오겠습니다."

　"그것은 스스로 문을 닫아 버리는 것과 다르지 않다. 책을 펼쳐 맹자의 말이라도 잠시 곱씹어 보도록 해라."

　유비는 서둘러 제갈량의 오두막으로 향했다.

　얼마쯤 가다 보니 하늘에서 눈발이 날리기 시작했다. 눈은 금세 세상을 하얗게 덮고 말았다.

　"왜 이렇게 추운 거야."

　장비가 얼굴을 찡그리며 중얼거리더니 유비에게 다가가 말했다.

　"큰 형님, 그만 돌아갑시다. 싸움을 하러 가는 것도 아니고 그 제갈량인지 뭔지 하는 사람을 만나려고 이 생고생을 해야 하다니 이해할 수 없습니다."

유비는 평소와 달리 성난 표정으로 장비를 야단쳤다.

"쓸데없는 소리 그만해라. 제갈량 선생에게 나의 열정과 정성을 알리기 위해서다."

유비는 더욱더 서둘러 제갈량의 오두막에 도착한 뒤 혼자 방 앞으로 다가갔다.

방 안에는 젊은이가 화로 곁에서 무릎을 끌어안은 채 졸고 있었다. 마치 때 묻지 않은 어린아이 같은 모습이었다.

"선생님, 주무십니까?"

유비의 목소리에 젊은이가 번쩍 눈을 뜨더니 조용한 목소리로 물었다.

"아…… 누구십니까?"

유비가 몸을 웅크리며 인사를 했다.

"오래도록 선생님을 흠모해 온 자입니다. 사실은 얼마 전에 서서의 말을 듣고 선생님을 찾아왔으나 뵙지 못하고 돌아가야 했습니다."

그러자 젊은이가 다급히 밖으로 나왔다.

"장군은 신야의 유 황숙이 아니십니까? 오늘도 저희 형님을 만나러 오신 모양입니다."

"그렇다면 공명 선생이 아니라는 말씀입니까?"

"네, 저는 그의 동생입니다. 저희 집에는 형제가 셋 있습니다. 큰형님은 제갈근이라 하는데 오로 가서 손권을 모시고 있습니다. 둘째형님이 제갈량, 곧 제갈공명이고, 저는 막내 제갈균이라 합니다."

"아, 그렇습니까. 그런데 공명 선생은 어디 가셨는지요?"

"오늘 아침에 박릉의 최주평이 왔는데 둘이서 어딘가로 가 버렸습니다."

제갈균의 대답에 유비가 길게 한숨을 내쉬었다.

"이토록 눈보라가 치니 오늘은 돌아오지 않으시겠지요? 뒷날 다시 찾아뵙도록 하겠습니다."

유비는 아쉬움을 안고 신야로 돌아가야만 했다.

어느새 해가 바뀌었다. 그동안 유비는 단 하루도 제갈량을 잊은 날이 없었다. 그는 입춘*이 지나자 점을 치는 사람에게 길일을 고르게 했다. 그러고는 삼 일 동안 목욕을 하여 몸을 깨끗이 했다. 유비가 관우와 장비를 불러 말했다.

"세 번째로 공명 선생을 찾아가겠다."

두 사람 모두 반기지 않는 듯한 표정을 지으며 한목소리로 유비에게 말했다.

"이미 두 번이나 친히 찾아가셨는데 이번에 또 방문하신다는 건 너무 지나친 예의입니다. 저희가 생각하기에 제갈량은 알맹이가 없는 거짓 학자인듯 합니다. 그 때문에 형님을 피하는 게 아닐까 싶습니다."

"절대 그렇지 않다."

입춘 4절기의 하나로 봄이 시작된다고 하는 날. 대개 양력 2월 4일경을 가리킨다.

유비는 조금도 물러서지 않았다. 그러고는 이내 여장을 꾸려 길을 나섰다.

마침내 제갈량의 오두막에 도착한 유비는 말에서 내려 공손하게 문을 두드렸다.

"공명 선생 계십니까?"

그러자 동자가 나와 대답했다.

"네, 선생님께서 집에 계시긴 합니다만 지금 낮잠을 주무십니다."

"그럼 잠시 기다리도록 하겠다."

유비는 공손히 손을 모으고 서서 제갈량이 잠에서 깨기를 기다렸다.

하얀 나비가 평상 위에 앉아 있다가 곧 서재 창문 아래쪽으로 날아갔다. 하늘 한가운데 있던 태양이 서당 벽에 조금씩 그림자를 드리우기 시작했다. 유비는 여전히 꼼짝도 하지 않고 잠든 사람이 눈 뜨기만을 기다렸다.

"사람을 무시하는 데도 정도가 있지. 우리 형님을 세워 둔 채 한가롭게 낮잠을 자다니! 어찌 저처럼 예의 없고 건방질 수가 있소. 나는 더는 못 참아!"

장비의 호랑이 수염이 꼿꼿하게 일어서려는 것을 보고 관우가 눈짓으로 장비를 말렸다.

"잠시만 더 지켜보기로 하자."

그때 제갈량이 몸을 뒤척였다. 일어나는가 싶었으나 그는 벽을 보고 누운 채 다시 깊은 잠에 빠졌다. 그로부터 얼마가 지나서야 제

갈량이 자리에서 일어났다.

"실례했습니다. 오신 줄도 모르고 무례한 모습을 보이고 말았습니다. 모쪼록 너그러이 봐주시기 바랍니다."

제갈량이 사과했다.

"선생님의 이름은 오래전부터 들어 왔습니다. 앞으로 부디 좋은 말씀을 많이 들려주시기 바랍니다."

유비가 가만히 미소 짓는 얼굴로 천천히 자리에 앉으며 말했다.

"저는 이처럼 게으르기 짝이 없는 인간입니다. 게다가 아직 젊고 재주도 없어 장군의 기대에 답할 힘이 없는 게 안타까울 따름입니다."

유비는 무엇보다 제갈량의 목소리가 마음에 들었다. 낮지도 않고 높지도 않고 강하지도 않고 약하지도 않고 한 마디 한 마디에 향기가 서려 있는 듯했다.

"선생님을 잘 알고 계신 사마휘나 서서의 말에 어찌 지나침이 있겠습니까? 모쪼록 어리석은 유비를 위해 가르침을 주시기 바랍니다."

"사마휘나 서서는 선비지만 저는 보시는 것처럼 한낱 농부에 지나지 않습니다. 그런 제가 어찌 나랏일을 논할 수 있겠습니까. 장군께서는 옥을 버리고 돌을 취하는 실수를 하시는 겁니다."

제갈량이 사양을 했다.

"돌을 옥처럼 보이려 해도 그럴 수 없는 것처럼 옥을 돌이라 말씀하셔도 믿을 자는 아무도 없습니다. 나라가 어지럽고 백성이 편안하지 않을 때는 공자도 백성들 사이로 들어가 힘을 보태지 않았습니까? 지금은 공자의 시대보다 더 큰 근심이 나라에 있습니다. 어찌 홀로 오두막에 앉아 한가롭게 지내시려고 합니까? 물론 이러한 시대에 세상으로 나가면 속된 무리와 섞여 몸과 이름이 더러워진다는 것은 잘 알고 있으나, 그것마저도 참아야 진정으로 나라를 구하는 일이 아니겠습니까? 선생님, 부디 마음을 열어 진심을 들려주시기 바랍니다."

유비는 예를 갖춰 말하면서도 조금도 물러설 기미를 보이지 않았다.

6

오두막을 나온 공명

유비의 말을 가만히 듣고 있던 제갈량이 드디어 입을 열었다.

"동탁의 난 이후 지금까지 많은 영웅이 나왔습니다. 그중에서도 하북의 원소는 특히 강력한 힘을 가지고 있었습니다. 그런데 그보다 훨씬 실력도 없고 나이도 어린 조조의 손에 쓰러지고 말았습니다. 이제는 그 누구도 조조와 싸울 수 없다고 해도 틀린 말이 아닐 것입니다."

"그렇다면 때는 이미 지나 버린 것입니까?"

"여기서 손권의 땅 강남과 강동을 돌아볼 필요가 있습니다. 그곳은 바다와 산의 자원이 풍부합니다. 또한 현명하고 재주가 있는 신하가 많습니다. 따라서 외교적인 방법으로 오의 힘을 아군의 힘으로 만들 수는 있어도 그들을 쳐서 빼앗을 수는 없습니다."

"참으로 옳으신 말씀입니다."

"이렇게 보면 지금의 천하는 조조와 손권으로 나뉘어 남북 어디에도 뜻을 펼칠 곳이 없는 듯 여겨지나…… 아직 두 곳의 세력 어디에도 속하지 않은 곳이 있습니다. 그곳이 바로 형주와 익주입니다. 형주는 교통이 좋은 곳이라 위치가 좋지만, 형주의 유표는 우유부단한 데다 이미 늙고 병들었으며 그의 두 아들인 유기와 유종도 큰 인물이 될 수 없습니다. 익주를 살펴보면, 지키기 좋은 땅이지만 그 땅의 주인인 유장은 시대의 흐름에 어둡고 성질이 좋지 못합니다. 그러니 형주에서 일어나 익주까지 취한다면 그때는 조조와 맞설 수 있을 것입니다. 오와는 때론 싸우고 때론 친목하면서 지낼 수 있게 될 것입니다. 그렇게 하면 한나라의 부흥*을 실현할 수 있다고 저는 믿습니다."

제갈량의 말을 듣고 유비는 자신도 모르게 무릎을 쳤다.

"선생님의 말씀을 듣고 나니 안개가 걷히듯 대륙의 구석구석이 한눈에 들어오는 듯합니다."

유비는 미래에 대한 희망을 꿈꾸며 눈을 반짝였다. 그때 제갈량이 동자를 불러 말했다.

"책방에 있는 커다란 두루마리를 가져와 보여 드려라."

잠시 뒤 동자가 자신의 키보다 더 큰 두루마리 하나를 가져와 벽에 걸었다. 서촉 54개 주의 지도였다.

"어떻습니까, 천하의 크기가?"

하지만 유비는 딱 한 가지 마음에 걸리는 일이 있었다.

───────────────

부흥 약해졌던 것이 다시 일어나다.

"형주의 유표와 익주의 유장은 모두 저와 마찬가지로 한나라의 후손인데 어찌 그들의 땅을 빼앗을 수 있겠습니까?"

유비가 난처하다는 듯 말했다.

"걱정하실 필요 없습니다. 유표는 머지않아 세상을 떠날 것입니다. 그의 병이 위독하다는 사실을 양양의 한 의원에게서 들었습니다. 익주의 유장은 아직 힘이 있으나 정치를 제대로 못하다 보니 백성들이 괴로워합니다. 그것을 바로잡겠다는데 누가 뭐라고 하겠습니까?"

제갈량이 단호하게 말했다.

"잘 알았습니다. 돌아보니 저는 그동안 큰일과 작은 일을 구분하지 못한 듯합니다. 부디 함께 가셔서 아침저녁으로 저를 일깨워 주십시오."

"아닙니다. 오늘 몇 가지 말씀드린 것은 그동안 제가 저지른 실례를 사죄하기 위한 것이었습니다. 장군 곁에 머물 수는 없습니다. 저는 분수를 지키며 이곳에서 살고 싶습니다."

제갈량의 말에 유비는 눈물을 흘렸다. 그러자 제갈량이 한동안 눈을 감고 생각에 잠기더니 마침내 입을 열었다.

"이것도 다 인연인 듯합니다. 장군의 마음을 받아 조그마한 힘이나마 나라를 위해 바치도록 하겠습니다."

"그 말이 사실입니까? 지금 너무 기뻐서 꿈을 꾸는 듯합니다."

유비는 관우와 장비를 불러 자세한 이야기를 들려주었다. 제갈량도 동생 제갈균을 불러 말했다.

"나는 유 황숙을 모시고 신야성으로 들어갈 생각이다. 공을 이루

고 이름을 떨치는 날이 오면 다시 이 오두막으로 돌아올 것이다."

"네, 그날이 오기를 기다리며 집을 잘 지키고 있겠습니다."

제갈균은 형의 뜻을 받아들였다.

유비와 제갈량은 말 머리를 나란히 하여 오두막을 나왔다. 그때 제갈량의 나이는 스물일곱, 유비의 나이는 마흔일곱이었다.

신야에 돌아와서도 두 사람은 밥도 같이 먹고 잠도 같이 잤다. 유비와 제갈량은 밤낮으로 천하를 논했다. 신야의 병력은 겨우 수천 명밖에 되지 않았기에 제갈량이 의견을 내기도 했다.

"형주는 인구가 적은 것이 아니라 호적에 실제로 올라 있는 사람이 적은 것입니다. 그러니 유표에게 권하여 호적을 정리해 비상시에 바로 병사로 쓸 수 있도록 해야 합니다."

유비는 그런 제갈량을 보며 언제나 든든해했다.

한편 조조는 손권에게 첫째 아들을 허창으로 보내 교육을 시키라는 뜻을 전했다. 이에 손권은 부하를 불러 의견을 물었다.

"이는 조조에게 복종을 맹세하는 것입니다. 그러나 거절할 경우에는 조조와 적이 될 게 뻔합니다. 어떻게 하면 좋을지 의견을 말씀해 주십시오."

주유가 처음으로 일어나 입을 열었다.

"지금 우리 오는 삼대에 이르는 동안 강성한 군대를 갖추었습니다. 또한 양식이 풍부하고 훌륭한 인재도 넘쳐 납니다. 그런데 무엇이 두려워 조조 밑에 스스로 들어갈 필요가 있겠습니까? 이번에 조조의 뜻을 따라 주면 아무리 오의 주인이라 해도 조조의 부름을 받을 때마다 허창으로 달려가야 합니다. 지금은 그저 침묵을 지키며 조조의 움직임을 지켜봐야 할 것입니다. 조조가 한나라의 참된 충신으로서 정의를 보이면 친목을 나누고, 그렇지 않고 난폭하게 굴면 그때야말로 오는 하늘의 때를 보아 큰 이상을 품어야 할 것입니다."

주유의 말은 그 자리에 모인 사람들을 감동시키기에 충분했다. 그 뒤로 조조의 명은 무시되고 말았다. 그럼으로써 조조의 권위는 큰 상처를 입게 되었다. 조조는 오를 칠 계획을 세우며 기회를 엿보기 시작했다.

이듬해, 손권의 동생 손익이 단양 태수로 임명되었다. 손익은 아직 어린 데다 성격이 급하고 거칠었다. 게다가 술을 좋아하고 평소 마음에 들지 않는 일이 있으면 부하들을 때리고 욕하는 버릇이 있었다. 그렇다 보니 단양 사람들은 그를 미워해 살해할 음모까지 꾸몄다. 단양의 장군들은 모임을 열어 손익을 불러내기로 했다.

"왠지 불길한 생각이 들어요. 오늘은 외출을 하시지 않는 게 어때요?"

손익이 나갈 준비를 하자 아내가 말렸다.

"무슨 말씀이오. 어찌 모임에 나가지 않을 수 있겠소."

손익은 대수롭지 않게 생각하고 모임 자리에 참석했다. 그는 역시나 술을 많이 마시고 비틀거리며 문밖을 나섰다. 그때 장군 하나가 달려들어 손익의 목을 베어 버렸다.

그 소동은 곧 오에 있는 손권의 귀에도 들어갔다.

"내 동생을 죽인 자는 내게 칼을 들이댄 것이나 다를 바 없다."

손권은 바로 군대를 이끌고 단양으로 달려가 동생을 죽인 자들을 처단했다.

그로부터 몇 년 동안 오는 평화로웠다. 그러던 어느 날 손권의 어머니인 오 부인이 큰 병에 걸려 위험한 상태에 이르렀다.

"권아, 네 아버지 손견 장군과 형 손책은 적은 병사를 이끌고 오나라의 기틀을 다졌다. 결코 아버지와 형의 고생을 잊어서는 안 될 것이다. 그리고 장소와 주유는 좋은 신하이니 오의 보물이라 생각하고 늘 가르침을 받기 바란다. 또한 내 동생 후경을 어머니처럼 모시고 막내 여동생도 잘 보살펴 주어라."

오 부인은 말을 마치자마자 숨을 거두었다.

그렇게 겨울이 지나고 봄이 왔다. 오의 젊은 주인 손권이 신하들을 모아 놓고 회의를 열었다.

"지금 형주의 사정은 어떻소?"

"산과 언덕을 끼고 강이 흐르고 있어 공격과 수비 모두 유리합니다. 또한 땅이 비옥하여 백성들은 풍요롭습니다. 그러나 이처럼 더할 나위 없는 땅에도 한 가지 단점이 있습니다. 그곳의 주인인 유표의 집안에 분쟁*이 있고 신하들의 마음도 모아지지 않는다는 점입니다. 그러니 지금이 형주를 공격할 때입니다."

"형주로 들어가는 게 쉽지 않을 텐데, 어찌하면 좋겠소?"

분쟁 말썽이 생겨 시끄럽고 서로 다투는 상황.

"먼저 강하를 공격하면 될 것입니다."

손권은 주유를 대장군으로 임명하고 십만 대군을 이끌고 나갔다.

무방비 상태였던 강하는 손쉽게 오의 손아귀에 넘어가고 말았다.
손권은 병사들을 강하성에 남겨 지키게 하고 오로 돌아갈 생각이었
다. 그러자 장소가 반대하고 나섰다.

"작은 성 하나를 지키기 위해 병사들을 남겨 두면 신경 쓸 일이
많아집니다. 차라리 이대로 버리고 돌아가서 유표가 공격해 들어오
면 그때 형주까지 쳐들어가는 것입니다. 다시 말해 강하를 미끼로
삼아 유표를 끌어내는 게 좋을 듯합니다."

"참으로 좋은 방법이오."

손권은 강하를 내버려 둔 채 대군을 이끌고 오로 돌아갔다.

소식을 들은 유표는 유비를 급히 형주로 불러들였다. 유비는 제
갈량을 데리고 형주로 향했다. 형주에 도착한 유비는 제갈량과 함께
성안으로 들어갔다. 유비가 인사를 하자 유표가 먼저 지난 일을 이
야기했다.

"양양 모임에서 귀공께 재난이 있었다는 말을 들었소. 참으로 미
안하게 되었소. 당장 채모의 목을 쳐서 사죄하고 싶었으나 본인도
깊이 뉘우친 듯하고 주위 사람들도 모두 말려 내 뜻과는 달리 그를
용서하게 되었소. 모쪼록 그 일은 잊어 주시길 바라오."

유비가 웃으며 대답했다.

"그 일은 채 장군이 한 짓이 아닙니다. 틀림없이 속 좁은 아랫사

람들이 꾸민 일일 것입니다. 저는 이미 잊었습니다."

"그리 이해해 주니 고맙소. 그나저나 오를 치고 싶소만……."

"태수님께서 남쪽으로 내려갈 뜻을 보이시면, 북방의 조조가 빈틈을 노려 공격해 들어올 것입니다."

"나 역시 그 점이 마음에 걸리오. 이제는 나도 나이가 들어 몸져 눕는 날이 많아졌소. 게다가 이러한 때에 여러 가지 일로 신경을 쓰면 정신이 흐려지니……. 귀공께서 나를 대신해 오를 공격하고 내가 눈을 감은 뒤 형주를 맡아 주셨으면 하오."

곁에 있던 제갈량이 거듭 눈길을 주었으나 유비는 못 본 척 대답했다.

"그럴 수 없습니다. 제가 어찌 이 넓은 영토를 다스릴 수 있겠습니까? 그런 약한 말씀하지 마시고 건강을 되찾으셔서 형주를 돌보셔야 합니다."

유비는 그렇게 말하고 자리에서 물러났다.

숙소로 돌아온 뒤 제갈량이 유비에게 물었다.

"어째서 수락하지 않으셨습니까?"

"은혜를 베푼 사람의 어려움을 어찌 나의 기쁨으로 삼을 수 있겠는가?"

"형주를 빼앗는 것이 아니지 않습니까?"

"물려주는 것이라 해도 은인에게는 역시 불행이요 내게는 틀림없는 행복입니다. 나는 그럴 수 없소."

유비가 힘주어 말했다.

"참으로 어질기만 한 사람이로구나."

제갈량이 한숨을 내쉬며 중얼거렸다. 그때 유표의 아들 유기가 유비를 찾아와 눈물을 흘리며 말했다.

"장군께서도 잘 아시다시피 저는 형주의 후계자로 태어났으나 계모 채씨가 유종을 후계자로 세우려고 늘 제 목숨을 노리고 있습니다. 이곳에 머물러 있으면 저는 언제 죽을지 알 수 없습니다. 부디 저를 좀 도와주십시오."

"제갈량, 유기를 도울 좋은 방법이 없겠소?"

제갈량은 고개를 옆으로 흔들며 냉정하게 대답했다.

"제가 어찌 남의 집안일에 간섭할 수 있겠습니까? 목숨을 지키고 싶다면 스스로 지혜를 짜내 위기에 맞서도록 하십시오."

그 말에 유기는 제갈량의 발 앞에 엎드려 눈물을 줄줄 흘렸다.

"선생님, 제발 제가 죽음에서 벗어날 수 있는 방법을 알려 주십시오."

보다 못한 제갈량이 옛일을 들어 유기에게 가르침을 주었다. 유기는 제갈량의 말에 귀를 기울였다.

"춘추시대의 진나라 헌공에게는 두 아들이 있었습니다. 형을 신생이라 하고 동생을 중이라 했습니다. 그런데 얼마 뒤, 헌공의 둘째 부인인 여희가 또 다른 아들을 낳았습니다. 여희는 자신의 아들을 왕세자로 세우기 위해 본부인의 아들인 신생과 중이를 늘 좋지 않게 말했습니다. 그러나 헌공이 보기에 본부인의 두 아들은 모두 빼어난 인재였기에 여희가 아무리 흉을 봐도 그들을 내치려 하지 않았습니다."

"지금 제 처지와 아주 비슷합니다."

"어느 따뜻한 봄날이었습니다. 여희는 헌공을 누각 위로 오게 해 정원을 바라보게 한 뒤, 자신의 목깃에 슬쩍 꿀을 바르고 신생을 정원으로 불러냈습니다. 그러자 수많은 벌이 달콤한 꿀 냄새를 맡고 여희의 머리와 목깃으로 몰려들었습니다. 아무것도 모르는 신생은 여희의 몸을 가리면서 목깃을 때리기도 하고 등을 털기도 했습니다. 누각 위에서 그 모습을 지켜본 헌공은 불같이 화를 냈습니다. 신생이 여희를 희롱하는 것이라 생각한 것입니다. 헌공은 이후부터 자신의 아들을 깊이 의심하게 되었습니다."

"아아, 채 부인도 그런 식입니다. 저도 언제부턴가 아무 이유 없이 아버지에게 미움을 받게 되었습니다."

"첫 번째 계책에 성공해 자신감을 얻은 여희는 두 번째 계책을 실행에 옮겼습니다. 세상을 떠난 본부인의 제삿날이었습니다. 제사 음식에 몰래 독을 바른 여희가 신생에게 어머니께 바쳤던 음식을 그냥 치우기는 아까우니 아버지께 권하라고 말했습니다. 신생은 여희의 말대로 그 음식을 아버지께 권했습니다. 그때 여희가 들어와서 밖에서 들어온 음식을 함부로 먹어서는 안 된다며 음식 하나를 집어 개에게 던져 주었습니다. 그것을 먹은 개는 피를 토하며 죽었습니다. 여희의 속임수인 줄도 모르고 헌공은 신생을 죽였습니다."

"아아, 그렇다면 동생 중이는 어떻게 되었습니까?"

"중이는 다음에는 자신에게 화가 미칠 것이라 생각해서 다른 나라로 몸을 피해 달아났습니다. 그로부터 십구 년이 지난 뒤 비로소 세상에 나온 진나라의 문공이 바로 그 중이입니다. 형주 동남쪽에 있는 강하는 오가 침략한 뒤 지금은 비어 있는 상태입니다. 계모*의 화에서 벗어나고 싶으시다면 아버지께 청하여 강하를 지키겠다고 하십시오. 중이가 나라에서 벗어나 난을 피했을 때와 같은 결과를 얻을 수 있을 것입니다."

"선생님, 참으로 감사합니다. 이제는 저도 살아난 듯합니다."

유기는 몇 번이고 절을 했다. 제갈량의 말에 유비도 기뻐하며 말했다.

다음 날 유표가 다시 유비를 불렀다.

"큰아들 유기가 갑자기 강하로 가겠다고 하는데 어찌하면 좋겠소?"

"그보다 더 좋은 일이 어디 있겠습니까? 슬하에서 벗어나 멀리로 가는 것은 좋은 경험이 될 뿐만 아니라 강하는 오와 맞닿아 있는 곳으로 매우 중요한 땅입니다. 친족 중 한 명을 보내는 것은 형주를 위해서도 꼭 필요한 일이라고 생각합니다."

"그렇소?"

"그렇다마다요. 그러니 태수님과 큰아드님께서 동남쪽을 굳건히 지켜 주시기 바랍니다. 부족하나마 저는 서북쪽을 지키겠습니다."

유비는 그 말을 남기고 신야로 돌아갔다.

계모 의붓어머니의 다른 말로, 아버지가 재혼해서 생긴 새어머니.

지혜로 조조의 대군과 맞서다

　조조는 유능한 인재를 뽑아 조직을 재구성했다. 그 인재 중에는 문학과 교육 방면에서 뛰어난 사마의라는 사람도 있었다.

　어느 날 조조와 장군들이 남쪽 상황을 놓고 회의를 벌일 때였다. 하후돈이 먼저 의견을 내놓았다.

　"지금 신야에 있는 유비가 제갈량과 함께 군대를 키우고 있다고 합니다. 그냥 내버려 두면 뒷날 큰 근심이 될 것입니다."

　"듣자 하니 제갈량의 재주가 범상치 않다고 합니다. 자칫 잘못해 지기라도 하면 중앙의 위엄이 땅에 떨어지고 말 것입니다."

　순욱의 말에 서서가 편을 들고 나섰다.

　"맞습니다. 유비를 결코 쉽게 생각해서는 안 됩니다."

　그 말에 조조가 서서에게 물었다.

　"제갈량이라는 자는 도대체 어떤 사람이오?"

　"저를 반딧불이라 하면 제갈량은 달이라 할 수 있습니다. 위로는 천문에 능하고 아래로는 지리와 백성들의 마음을 꿰뚫고 있으며 귀신도 능히 부릴 수 있습니다."

서서의 말에 하후돈이 비웃으며 큰소리를 쳤다.

"그래 봤자 제갈량도 인간이오. 무릇 천재와 보통 사람은 종이 한 장 차이라 하지 않소. 내 눈에는 아직 애송이로밖에 보이지 않는구려. 이번 전쟁에서 그를 사로잡지 못하면 내 목을 승상께 바치겠소."

조조는 하후돈의 말에 손뼉을 치며 기뻐했다. 결국 조조는 하후돈을 중심으로 십만 대군을 내보내기로 했다.

한편 제갈량은 신야의 호적부를 정리한 뒤 농민 삼천 명을 모아 직접 훈련을 시켰다. 두 달쯤 지나자 농병*들을 마치 수족처럼 움직일 수 있게 되었다. 하지만 그즈음 유비의 부하들 사이에서는 제갈량에 대한 불만이 터져 나왔다.

"주공께서 나이 어린 제갈량을 오래전부터 함께한 신하들보다 윗자리에 앉히고 스승으로 모시는데 너무 지나치신 것 아니오?"

유비의 부하들뿐 아니라 관우와 장비도 불만을 품었다.

"큰 형님, 도대체 제갈량이 얼마나 대단한 재주가 있어서 그리 믿는 것이오?"

유비가 빙그레 웃으며 대답했다.

"내가 제갈량을 얻은 것은 물고기가 물을 얻은 것과 다르지 않다."

농병 평상시에는 농사짓고, 유사시에는 무장하여 군사가 되는 사람.

그 뒤 장비는 제갈량만 보면 "물이다, 물이 흘러간다."라고 말하며 비웃었다.

이러한 때 하후돈을 대장으로 하는 십만 대군이 신야를 향해 오고 있다는 소식이 전해졌다.

"십만 대군이라니, 어찌하면 좋겠는가?"

유비가 두려워하며 관우와 장비에게 의견을 물었다. 그러자 장비가 비아냥거리듯 쓴소리를 했다.

"커다란 들불이 일어났습니다. 물을 보내서 끄면 될 것입니다."

"지혜는 제갈량에게 빌리고 용맹은 너희 두 사람에게 의지할 생각이니 잘 좀 부탁한다."

관우와 장비가 물러나고 난 뒤 이번에는 제갈량을 불러 대책을 논의했다.

"이번 싸움의 근심은 밖이 아니라 안에 있습니다. 관우와 장비 두 장군은 제 명령에 따르지 않을 것입니다. 엄격하게 규율이 지켜지지 않으면 지는 것은 불을 보듯 뻔한 일입니다."

제갈량이 안타깝다는 듯 말했다.

"일이 참으로 난처하게 되었구려. 대체 어떻게 하면 좋겠소?"

"황공한 말씀이오나 주공의 칼과 인수를 제게 빌려주시기 바랍니다."

"알겠소. 그거면 되겠소?"

"네, 이제 장군들을 모아 주시기 바랍니다."

유비는 제갈량에게 칼과 인수를 건네주고 각 장군들을 불러들였다. 제갈량이 나서서 장군들에게 명을 내렸다.

"관 장군은 예산에 숨어 있다 적군이 나타나면 후방을 치고 불을 지르시오. 장 장군은 안림으로 가서 계곡에 숨어 있다 적을 짓밟도록 하시오. 조 장군은 선봉을 명하겠소. 단, 그 어떤 공도 세워서는 안 되며 거짓으로 패해 돌아오시오. 이기는 것만이 잘하는 게 아니오. 적을 깊이 유인하는 것이 귀공의 임무임을 잊어서는 안 되오. 모두 조금이라도 명을 어겨서는 안 되니 명심하시오."

제갈량의 말이 끝나자 장비가 기다렸다는 듯 큰 소리로 물었다.

"한 가지 여쭙고 싶은 것이 있는데 군사*께서는 어느 방면으로 가실 생각입니까?"

"나는 이곳에 남아 신야를 지킬 것이오."

"주공을 비롯해 우리 모두에게는 본성에서 멀리 나가 싸우라 명하고 자신은 신야를 지키겠다! 편안하게 앉아 자신의 안전만을 꾀할 줄이야. 하하하."

장비의 웃음소리에 제갈량이 위엄 가득한 목소리로 외쳤다.

"여기에 있는 칼과 인수가 보이지 않는단 말이오! 명을 어기는 자는 목을 베겠소. 군기*를 어지럽히는 자 역시 마찬가지요!"

장비는 어쩔 수 없이 제갈량을 비웃으며 밖으로 나갔고 이내 병사를 이끌고 전쟁터로 출발했다. 제갈량의 명령에 따라 모두 움직이기는 했으나 관우도 속으로는 제갈량을 믿지 못했다.

군사 가장 높은 장수 아래에서 작전을 짜고 군대를 지휘하는 사람. | **군기** 군대의 규율과 법.

하후돈이 십만 대군을 이끌고 들이닥치자 조운도 창을 휘두르며 달려들었다. 그러고는 얼마 뒤 조운은 제갈량의 말대로 거짓으로 달아났다.

"서서가 승상 앞에서 제갈량의 재주를 칭찬하더니만 지금 내 눈에는 개나 양으로 호랑이와 표범을 막으려는 것과 다르지 않구나."

하후돈은 마음껏 유비의 군대를 비웃으며 조운을 뒤쫓았다. 얼마쯤 갔을까, 길은 갈수록 험하고 좁아졌으며 숲이 우거져 있었다.

"아뿔싸, 너무 깊이 들어왔다."

그때 사방에서 불꽃이 번쩍이더니 시커먼 소용돌이와 함께 불길이 사납게 번져 나갔다. 칼에 맞아 죽는 사람, 불에 타 죽는 사람의 숫자를 헤아릴 수가 없었다. 하후돈은 말을 버리고 간신히 몸 하나만 건져 달아났다.

그렇게 유비의 군대가 승리를 거두었다. 돌아가는 길에 관우가 장비를 보며 말했다.

"이번 전쟁은 제갈량의 지휘 덕분에 승리했으니 그의 공을 인정하지 않을 수 없구나."

"어린 녀석이 제법인걸."

장비도 제갈량의 능력을 인정했다. 하지만 제갈량은 자만하지 않았다. 유비가 기뻐하며 크게 칭찬했으나 오히려 제갈량의 얼굴은 밝지 않았다.

"아직 안심하기는 이릅니다. 하후돈의 십만 대군을 막아 내 급한 위험은 넘겼으나 다음에는 필시 조조가 직접 대군을 이끌고 올 것입니다."

"조조가 직접 나선다면 그것은 쉽지 않은 싸움이 될 것이오. 북방의 원소마저 제압하고 기북, 요동, 요서까지 차지한 그 기세로 쳐들어온다면……."

"반드시 올 것입니다. 그러니 대비해야 합니다. 그런데 이 신야는 너무 좁고 성도 약하여 의지할 만한 곳이 못 됩니다."

"하지만 신야를 떠나 갈 곳이 어디 있겠소?"

"최근 유표의 병이 더 깊어졌다고 합니다. 이는 하늘이 주공을 도우려는 것입니다. 모쪼록 형주를 빌려 방법을 찾으시기 바랍니다. 형주는 땅이 넓고 자원이 풍족합니다."

유비가 머리를 내저었다.

"좋은 방법이기는 하나 오늘의 내가 있었던 것도 모두 유표의 은혜 덕분이오. 은인의 위기를 틈타 그 땅을 빼앗는다는 것은 있을 수 없는 일이오."

"아, 주공께서는 참으로 훌륭한 분이십니다!"

제갈량은 더는 유비를 설득하지 않고 입을 다물었다.

그해 여름, 조조는 직접 팔십만 대군을 이끌고 남쪽으로 향했다. 그는 북쪽을 공격할 때도 그만큼 많은 대군을 파견하지는 않았다.

다급한 소식에 유표가 유비를 불렀다.

"자네와 나는 한나라 황실의 후손인데, 내가 세상을 떠난 뒤 자네가 이 땅을 물려받는다 한들 누가 자네를 욕하겠는가? 자네가 빼앗았다는 말을 아무도 하지 못하도록 내가 유언장에 남기도록 하겠네."

"태수님께는 아드님이 계시는데 제가 태수님의 뒤를 이을 필요가 무엇이 있겠습니까?"

"아닐세. 그 아이들의 장래도 자네가 보살펴 준다면 더 안심할 수 있을 듯하네. 부디 자네가 형주를 물려받아 내 부족한 아이들을 도와줬으면 하네."

유표는 유비가 끝까지 받아들이지 않자 유언을 써 놓고 세상을 떠났다. 만약 유비가 형주를 맡지 않겠다고 하면 첫째 아들인 유기를 형주의 주인으로 세워 달라는 내용이었다.

이 사실을 알게 된 채 부인은 채모와 짜고 유종에게 형주를 물려준다는 가짜 유언장을 만들었다. 그리고 유종을 새로운 주인으로 삼아 자신들의 뜻대로 형주를 마음껏 주물렀다. 또한 점점 남하해 오는 조조의 대군을 피해 유종을 데리고 양양성으로 들어갔다. 그런 다음 조조에게 사자를 보내 항복을 청했다.

"유종을 충렬후에 봉하고 오래도록 형주 태수에 머물 수 있도록 해 주겠소. 군대를 이끌고 곧 형주로 들어갈 테니 그때 성 밖으로 나와 이 조조를 맞으라 하시오."

소식을 들은 유비는 한동안 눈물을 흘렸다.

"유표 태수님께서 돌아가시기 전 어린 자식들을 걱정하며 내게 돌봐 줄 것을 부탁하셨는데 큰일이구나."

제갈량은 유비를 위로한 뒤 각 장군들에게 명령을 내렸다.

"성안의 모든 백성에게 피난 준비를 하라고 방을 내거시오. 그리고 손 장군은 배를 모아 피난민들이 강을 건널 수 있게 해 주시오. 미 장군은 그 백성들을 데리고 번성으로 들어가시오. 관 장군과 장 장군은 백하로 가서 숨어 있되 조조의 군대가 보이면 흙을 담은 자루를 헐어 공격하시오. 조 장군은 적이 성안으로 들어가면 불을 지른 뒤 번성으로 가시오."

제갈량의 명을 받은 각 장군들이 바쁘게 움직였다.

마침내 조조의 군대는 신야 부근까지 내려왔다. 허저가 앞서고 조인과 조홍이 뒤를 따라 전진했지만 성안에서는 갓난아이의 울음소리 하나 들리지 않았다.

"유비가 더는 막아 낼 방법이 없어 장병과 백성을 모두 데리고 달아난 모양이로구나."

그때 바람이 거세지더니 갑자기 불길이 치솟았다. 조조의 부하들은 간신히 불 속에서 탈출했으나 길에서 기다리고 있던 조운에게 가로막혀 처참할 정도로 짓밟혔다. 관우는 제갈량의 지시대로 쌓아 두었던 자루를 모두 허물었다. 마치 홍수와도 같은 탁류가 흘러내려 조조의 대군을 그대로 집어삼켰다.

이번에도 제갈량의 지휘는 성공했다.

조조는 패한 원인이 제갈량 때문인 것을 듣고 더욱 화를 냈다.

"지금 당장 신야와 번성을 한꺼번에 공격하라!"

조조의 명에 유엽이 나서서 말했다.

"신야와 번성을 짓밟으면 민심은 더욱 사나워질 것입니다. 백성이 없으면 영토를 빼앗아도 소용없습니다. 그러니 우선은 유비에게 서서를 보내 항복을 권하는 것이 좋을 듯싶습니다. 유비가 항복하지 않으면 민심의 원망은 유비에게 향할 것이고, 그러면 형주를 쉽게 손에 넣을 수 있을 것입니다."

조조는 서서를 불러 근엄하게 명을 내렸고 서서는 곧 번성으로 출발했다.

"뭐, 서서가 조조의 사자로 왔다고?"

유비는 옛정을 떠올리며 제갈량과 함께 마중을 나갔다. 유비는 서서를 보자마자 한숨부터 내쉬었다.

"그대와 이렇게 다시 만날 줄은 몰랐소."

"조조는 백성들의 원망을 피하려고 저를 이용해 화해하는 척하는 것입니다. 불행하게도 저는 조조에게 얽매인 몸이 되었습니다. 제가 아니더라도 공명 선생이 있으니 분명 큰 뜻을 이루실 것입니다. 멀리서나마 기원하겠습니다."

"고맙네. 그대의 마음을 내가 왜 모르겠나."

유비가 서서의 손을 꼭 잡았다.

"양양으로 피하시지요. 번성보다는 양양이 방어하기 좋습니다."

유비는 제갈량의 권유로 양양으로 갈 채비를 한 뒤 백성들에게 말했다.

"우리와 생사를 함께할 자는 강을 건너고, 뒤에 남고자 하는 자는 돌아가 농사를 지으면 될 것이다."

그러자 모든 백성이 흐느끼며 한목소리로 말했다.

"비록 돌산을 일궈 밥을 먹는 한이 있더라도 유 황숙을 따르고

자 합니다. 어쩌다 목숨을 잃어도 결코 원망하지 않겠습니다."

그러나 양양성에는 어린 군주 유종과 그의 어머니 채 부인 등이 있었다. 유비는 성문 아래에 말을 세우고 소리쳤다.

"조카 유종은 어서 성문을 열어 수많은 백성의 생명을 구하라."

그때 갑자기 성루 위에서 궁수들이 나타나 화살을 쏘아 댔다. 화살은 유비를 따르는 백성들 머리 위로 비처럼 쏟아졌다.

"조금 멀기는 하지만 아무래도 강하로 피신해야 할 듯합니다."

제갈량의 말에 유비는 백성을 이끌고 강하로 향했다. 그 전에 관우에게 먼저 강하로 가서 유기에게 도움을 청하라고 일렀다. 하지만 병자와 노인들, 어린아이를 업은 여자와 살림살이를 실은 수레 때문에 유비 일행은 하루에 십 리밖에 나아가지 못했다.

제갈량이 비장한 목소리로 유비에게 말했다.

"몸도 숨길 곳 없는 이런 평야에서 만약 적에게 포위당한다면 한 사람도 살아남을 수 없습니다. 이제는 결단을 내리셔야 합니다."

"자식이 부모를 공경하듯 나를 따르는 백성을 어찌 버리고 갈 수 있겠소. 나라의 근본은 사람이오. 백성과 운명을 함께할 수밖에 없소이다."

유비의 말을 전해 들은 병사들과 백성들은 끝없이 눈물을 흘렸다.

그사이 조조는 완성에서 번성으로 옮겨 갔다. 그러자 채모가 나서서 항복의 뜻으로 머리를 조아리며 백 번이나 절을 했다.

"유표는 형주의 왕이 되고 싶어 했지만 그 뜻을 이루지 못하고 죽었다. 내가 황제에게 표문을 올려 그의 아들 유종을 언젠가 반드시 왕위에 오를 수 있도록 하겠다."

그날 조조는 채모에게도 큰 벼슬을 내렸다. 채모는 조조에게 깊이 감사해하며 항복을 마치 행운처럼 여겼다.

채모가 돌아간 뒤에 순유가 조조에게 말했다.

"승상은 사람을 너무 잘 모르십니다. 저렇듯 아첨하는 소인배*에게 벼슬을 내리시다니요."

조조가 입술을 삐죽거렸다.

"우리 진영의 병사는 모두 평야와 산이 많은 북쪽에서 나고 자란 병사들이 아닌가. 그러니 강을 이용하는 수군의 병법을 자세히 알고 있는 자가 없소. 저들을 이용한 다음 쓸모가 없을 때 언제든지 목을 베면 될 것이오."

순유는 아무 말도 못 하고 물러섰다.

다음 날 조조는 양양성에 들어가 유종과 채 부인을 만났다.

"유종을 청주 태수에 봉하니 지금 당장 청주로 가도록 하시오."

그러자 유종이 슬퍼하며 호소했다.

"저는 벼슬을 원하지 않습니다. 그저 돌아가신 아버지의 묘가 있는 이 나라에 있고 싶습니다."

조조는 머리를 흔들며 냉정하게 말했다.

"청주는 가깝고 좋은 땅이니 잠자코 떠나면 될 일이오."

소인배 속 좁고 간사한 사람 또는 그런 무리.

며칠 뒤 유종은 채 부인과 함께 울면서 고향 땅을 떠났다. 그리고 조조는 부하들에게 유종과 채 부인을 살해하라고 명을 내렸다.

나흘째 되는 날 조조의 부하들이 돌아왔다.

"멀리까지 쫓아가서 유종과 채 부인의 목을 베고 왔습니다."

다음으로 조조는 병사들을 융중에 보내 제갈량의 가족을 잡아 오라고 했다. 하지만 조조의 부하들은 개미 한 마리도 찾을 수 없었다. 이미 제갈량이 이런 일을 예상하고 가족을 삼강의 깊숙한 곳에 숨겨 놓았기 때문이다.

그렇게 시간만 흐르고 있었다. 순유가 걱정스러운 얼굴로 조조에게 말했다.

"유비 일행이 형주에서 도망친 지도 벌써 열흘이 지났습니다. 그들이 만일 강하를 손에 넣기라도 하면 어떻게 하시겠습니까?"

"아, 하찮은 일에 마음을 뺏겨 그만 큰일을 잊고 있었다. 당장 유비를 추격하라."

조조의 명에 따라 부하들은 유비 일행을 뒤쫓았다.

"유비는 게 섰거라. 이미 네놈의 운은 다했으니 깨끗하게 목을 내놓아라."

조조의 부하 허저가 유비를 향해 달려들었지만 다행히 장비가 막아섰다. 적의 화살이 우박처럼 쏟아지자 유비는 말에서 떨어지고 말았다. 그의 부하들은 물론 백성들도 모두 뿔뿔이 흩어졌다. 그때 유비의 부하가 달려와 소식을 알렸다.

"조운이 변심을 하고 조조에게 갔습니다."

그러자 장비가 눈을 부릅뜨고 소리쳤다.

"형님, 제가 조운을 단칼에 찔러 죽이고 오겠습니다."

"바보 같은 소리! 조운과 나는 고난을 함께해 온 동지다. 그의 지조*는 푸르고 눈과 같이 희며 그의 피는 철과 같다. 나는 그를 믿는다."

장비는 유비의 말을 듣지 않고 조운을 찾으러 장판교 쪽으로 달렸다.

조운은 유비의 부인과 어린 아들을 구하기 위해 몇 번이고 적진 속으로 뛰어들었다. 그는 적들의 무리를 베면서 큰 목소리로 유비의 부인과 아들을 찾았다. 그런 그를 향해 상처를 입고 땅바닥에 엎드려 있던 백성이 힘겹게 고개를 들고 외쳤다.

"장군, 저쪽에 적의 창에 허벅지를 찔린 채 어린아이를 안고 쓰러진 귀부인이 있습니다. 빨리 가 보십시오."

그 말에 조운은 날아가듯 그곳으로 달려갔다.

"부인! 조운입니다. 이제는 걱정하지 마십시오."

"아, 다행입니다. 부디 이 아이를 황숙께 무사히 데려다주십시오. 제가 장군의 말을 타게 된다면 장군은 아이를 안고 적진을 걸어 통과해야 합니다. 그러니 저는 신경 쓰지 마시고 어서 빨리 아이를 데리고 이곳에서 벗어나십시오. 제 부탁이자 마지막 소원입니다."

지조 원칙과 신념을 끝까지 지키는 굳센 의지.

"어떻게 부인을 이곳에 남겨 두고 갈 수 있겠습니까. 자, 말에 오르십시오."

조운이 말의 고삐를 잡고 끌어당기자 유비의 부인은 갑자기 몸을 돌려 우물 속으로 몸을 던졌다.

조운은 슬퍼할 겨를도 없이 유비의 아들 아두를 품에 안고 달렸다. 조조의 부하들이 조운을 잡으려고 안간힘을 썼지만 조운은 갑옷 아래 세 살배기 아이를 품고 있는 힘껏 싸웠다. 마침내 장판교까지 오자 저편에서 장팔사모를 비켜든 장비의 모습이 보였다.

"장비, 나를 도와주시오."

장비가 아두를 품에 안은 조운을 발견하고는 큰 소리로 대답했다.

"조운, 뒤는 내게 맡기고 그대는 어서 빨리 다리를 건너게."

장비는 조운의 뒤를 쫓아오는 조조의 부하들을 향해 돌진했다. 조운은 간신히 장판교를 건너 유비가 있는 곳까지 달렸다.

"조운 자네가 아두를 구해 왔구려."

"용서하십시오. 부인을 구하지 못했습니다. 깊은 상처를 입고 건지도 못하셨습니다. 제가 말을 권했지만 아드님을 부탁한다는 말을 남기고 우물 속으로 몸을 던지셨습니다."

"아, 아두를 대신해서 부인이 죽었단 말인가."

유비는 아두의 볼에 얼굴을 비볐다. 그러더니 문득 무슨 생각이 들었는지 아두를 풀숲으로 내던졌다.

"앗, 어찌?"

조운이 울고 있는 아두를 서둘러 안아 올렸다.

"이 어린것 때문에 하마터면 조운을 잃을 뻔했다. 자식은 또 얻을 수 있지만 조운은 다시 얻을 수 없다."

조운은 땅에 이마를 조아렸다. 그러고는 마음속으로 유비를 위해서라면 죽어도 좋다고 다시 한 번 맹세했다.

싸우지 않고 싸움을 이기는 법

조조는 지금이 아니면 유비를 죽일 기회가 없다며 군사 수만을 풀어 추격했다. 달아나던 유비는 강하로 가는 길마저 끊겨 버렸다. 다행히 앞서 강하에 갔던 관우가 병사 만 명을 얻어 유비를 향해 밤낮으로 달려왔다.

"아아, 하늘이 아직 이 유비를 버리지 않으셨구나."

유비는 관우가 준비한 배에 올라 위험한 상황에서 벗어날 수 있었다. 얼마 지나지 않아 맞은편에서 커다란 배 한 척이 다가오고 있었다.

"숙부님, 괜찮으십니까? 늦지 않았나 싶어 걱정했는데 무사하셔서 다행입니다."

유기가 배 위에서 손을 흔들며 소리쳤다. 배가 서로 가까워지자 유비는 유기의 손을 잡고 눈물을 흘렸다.

"아, 내가 위험할 때 이렇듯 달려오다니."

"숙부님, 어서 함께 강하성으로 가시지요. 그곳에서 뒷날을 기약하는 게 좋을 듯싶습니다."

유비 일행은 유기를 따라 강하성으로 들어갔다.

한편 유비를 놓친 조조는 형주에 머물면서 오를 칠 계획을 세웠다. 사실 조조에게 오는 오랫동안 골칫거리였다. 오를 차지하지 못하면 절대로 천하 통일을 이룰 수 없기 때문이다. 조조는 오의 손권에게 편지를 보내기로 했다.

지금 유비 무리가 얼마 남지 않은 목숨을 유지하려고 강하로 갔으니,
우리가 힘을 합해 어망에 든 고기를 낚아 보지 않겠는가.

조조는 오가 쉽게 허락하지 않을 것이라 생각하고 백만 대군을 파견해 오를 압박했다. 그러자 오의 손권이 노숙에게 의견을 구했다.

"지금이야말로 오의 태도를 확실히 해야 할 때가 온 듯하오. 조조 편에 서는 것이 득인가, 유비와 손을 잡는 것이 득인가."

"제가 유표의 죽음을 애도한다는 구실로 형주에 가서 조조와 유비의 상황을 살펴보겠습니다. 그런 뒤 돌아오는 길에 몰래 유비를 만나 그를 돕겠다는 밀약을 맺겠습니다."

"유비를 도우면 조조가 우리 오나라를 공격해 올 것이오."

"아닙니다. 유비의 세력이 쇠퇴했기 때문에 조조는 바로 대군을 돌려 오로 온 것입니다. 유비가 강해지면 조조는 절대로 오를 공격할 수 없을 것입니다."

그즈음 유비도 앞날을 어떻게 헤쳐 나갈지 고민에 빠져 있었다.

"오는 멀고 조조는 가까이 있습니다. 우리의 뜻을 이루기 위해서는 멀리 있는 오를 움직여 가까운 조조와 싸우게 할 수밖에 없습니다. 그동안 우리는 힘을 키워야 합니다. 곧 오에서 사신이 올 것입니다. 그러면 제가 직접 배를 타고 오로 가서 손권과 조조를 싸우게 하겠습니다. 그런 다음 우리는 어느 편도 들지 않고 있다가 한쪽이 지는 것을 보고 난 뒤 계획을 실행에 옮기면 됩니다. 싸우지 않고 반드시 이기는 싸움을 할 것! 이것은 어린아이도 다 아는 병법의 기본입니다."

제갈량의 말에 유비가 고개를 끄덕였다. 그로부터 며칠 뒤 정말로 오의 사신이 강하를 찾아왔다.

노숙은 유기에게 조의를 표하고 유비에게 예물을 올렸다. 이내 술자리가 마련되었다. 얼큰하게 술을 마신 노숙이 유비에게 물었다.

"조조는 천하 통일이라는 야망을 품고 있는 것입니까? 아니면 그저 자신의 욕심을 채우려는 것입니까?"

"글쎄요. 저희는 조조가 온다는 소리를 들으면 도망치기 바빠서 자세한 것은 알지 못합니다. 혹시 공명이라면 알고 있지 않을까요?"

"아, 제갈량 말씀이지요? 제갈 선생은 어디에 계십니까?"

"지금 부르려던 참이었소. 여봐라, 제갈량을 불러오너라."

유비의 명에 제갈량이 들어와 자리에 앉았다.

"제갈 선생, 나는 선생의 형님과 오랜 친구입니다."

노숙의 말에 제갈량이 친근한 표정을 지어 보였다.

"아, 그러시군요. 그나저나 저희 주군께서 마음이 변해 조조와 손을 잡으면 오는 위험에 빠질 것입니다."

"유 황숙이 어떻게 하느냐에 따라 오가 움직일 수도 있지 않겠습니까? 다행히 제갈 선생의 형님께서 오의 참모이십니다. 선생께서 직접 오로 오셔서 말씀을 전하는 게 어떨까 싶습니다."

옆에서 듣고 있던 유비의 얼굴빛이 창백해졌다. 혹시 오의 계략이 숨어 있을지도 모르기 때문이었다.

"주공, 시간을 다투는 일입니다. 오로 다녀올 수 있도록 부디 명을 내려주십시오."

제갈량이 청을 하자 유비는 어쩔 수 없이 허락했다.

드디어 며칠 뒤 제갈량은 노숙과 함께 오로 향했다. 오로 가는 길에 노숙은 홀로 생각에 잠겼다.

'지금 유비는 어려운 처지에 놓여 있지만 부하들이 모두 그를 따르고 있다. 제갈량은 죽음을 무릅쓰고 오를 설득할 특별한 방법을 가지고 있는 게 틀림없다.'

노숙은 제갈량의 마음을 떠보기 위해 넌지시 말을 건넸다.

"오의 주공께서 조조의 군대에 관해 물으시면 모른 척하는 게 좋을 것입니다."

"어째서 그렇습니까?"

사실 제갈량은 노숙의 속내를 훤히 꿰뚫고 있었다.

"적에 관해 너무 자세히 알고 있으면 혹시 조조와 짜고 오를 비밀리에 살피러 왔다는 의심을 살 지 모르니까요."

"하하하, 오의 주공께서는 남을 의심이나 하는 분입니까?"

노숙의 얼굴이 붉어졌다. 노숙은 제갈량이 남의 말에 따라 움직일 사람이 아니라는 걸 알고는 입을 다물었다.

조조는 오에 마지막으로 통고를 한 상태였다. 마지막 요구를 제시하며 일정 기한 안에 그것이 받아들여지지 않으면 무력을 쓰겠다는 뜻이었다. 오의 대신들이 입을 모아 손권에게 말했다.

"설령 조조에게 이긴다 해도 나라의 손실을 복구하려면 몇 년이 걸릴 것입니다. 그러니 조조에게 항복하여 조조의 백만 대군을 피하고 뒷날을 기약할 수밖에 없습니다."

노숙이 오로 돌아오자마자 손권은 노숙에게 오의 상황을 설명했다.

"대신들이 항복을 원하는 것은 모두 자신들의 안전을 먼저 생각하기 때문입니다. 조조에게 항복해 주군이 바뀌어도 자신들에게는 아무런 영향이 없을 것이라 여기는 것입니다. 하지만 주군께서는 말 몇 마리와 하인 몇 명만 겨우 받게 될 것입니다. 천하 통일은 죽을 때까지 이루지 못할 것입니다. 그러니 자세한 상황은 강하에서 온 제갈근의 아우 제갈량과 상의해 보시지요."

다음 날 오의 대신들이 제갈량을 회의 자리에 초대했다.

"소문으로는 유 황숙께서 선생을 맞이한 뒤 마치 물고기가 물을 만난 듯 기뻐한다는데 어찌 형주를 빼앗기고 신야에서도 쫓겨나게 된 것입니까?"

장소가 비꼬듯 말하자 제갈량이 한동안 그를 바라보았다. 하지만 제갈량은 장소를 설득하지 못하면 손권의 마음을 움직일 수 없다는 것을 잘 알았다. 제갈량이 이내 웃어 보였다.

"만일 저희 주공께서 형주를 빼앗으려 한다면 그것은 손바닥을 뒤집는 것보다 쉬운 일입니다. 하지만 돌아가신 유표 장군과 한 가족이나 다름없는 주공께서 형주의 불행을 틈타 형주를 차지하는 일은 있을 수 없는 일입니다. 나라를 다스리는 데에는 백 년을 계획하고 준비해도 부족함이 있다 했습니다. 다시 말해 중병을 치료하기 위해서는 먼저 죽을 먹인 뒤 부드러운 약부터 처방하고 조금씩 강한 약을 씁니다. 지금 나라는 중병을 앓는 환자의 상태와 같습니다. 저희 주군께서 지난날 여남에서 패하고 신야로 들어갔을 때 병사는 천 명뿐이었고 장수는 관우, 장비, 조운뿐이었습니다. 이는 바로 병세가 몹시 위독한 경우나 다름없습니다. 더구나 신야에 있을 때는 백성도 적고 곡식도 부족한 상태였지요. 그런 상황에서 적군을 물리치게 되었습니다. 그 뒤에는 백성들이 주군의 덕을 흠모하여 뒤따라왔던 터라 하루에 십 리밖에 가지 못해 참패를 맛볼 수밖에 없었습니다. 이 또한 저희 주군의 어진 마음을 보여 주는 것이지 부끄러운 패전으로 볼 수 없습니다. 그러니 조조의 대군 따위는 두려워할 필요가 없습니다."

제갈량의 말에 장소는 기가 꺾여 아무 말도 하지 못했다. 그때 누군가 일어나 말했다.

"과연 듣던 대로 제갈량이오. 간신히 호랑이 입에서 도망쳐 놓고 조조를 두려워하지 않아도 된다 하니 참으로 이상하오. 우리를 놀리시는 게 아니오."

"아닙니다. 저희 주공을 따르는 자의 수는 많지 않습니다만 모두 의리를 중요하게 생각합니다. 그런데 오의 대신들은 자신들의 안전을 먼저 생각해 조조에게 굴복하려 하지 않습니까?"

제갈량의 말에 또 다른 사람이 당돌하게 물었다.

"조조를 어떤 자라고 생각하오?"

"한나라의 역적이지요. 조조는 조상 대대로 한나라의 녹을 먹었습니다. 그러한데 그 은혜에 보답하기는커녕 오히려 역모를 꾸미고 있습니다. 여기 모인 대신들도 오가 쇠하면 조조처럼 주군을 소홀히 대할 것입니까?"

제갈량의 말에 대신들은 입을 다물고 말았다. 마침 노숙이 발소리를 쿵쿵 울리며 들어왔다.

"공들은 도대체 무엇을 하고 있는 거요? 제갈 선생은 당대 제일의 영웅이 아닌가. 이런 손님을 모셔 놓고 어리석은 이야기만 늘어놓다니!"

노숙은 대신들을 꾸짖고 제갈량을 향해 공손하게 말했다.

"저희 주공께서 일찍부터 기다리고 계십니다."

제갈량은 노숙의 안내를 받아 문을 나섰다. 그런데 문밖 저편에 묵묵히 서 있는 사람이 있었다. 바로 제갈량의 형 제갈근이었다. 참으로 오랜만에 형제가 만난 것이었다.

"제갈량, 오랜만이구나. 낯선 곳에서 보았더라면 못 알아볼 뻔했다."

"유 황숙의 사자로 온 것이라 먼저 찾아뵙지 못했습니다."

"그것이 도리지. 그렇다면 나중에 느긋하게 만나자꾸나."

제갈량은 제갈근과 헤어진 뒤 손권을 만나 유비의 인사를 전했다. 그러고는 손권의 얼굴을 살폈다.

'빈틈없고 용맹해 보이지만 한편으로는 성격이 불같고 고집이 센 사람이군. 이 사람을 설득하려면 일부러 감정을 격하게 만드는 게 좋을 듯싶다.'

손권이 제갈량에게 차를 권한 뒤 물었다.

"지금 조조는 어디를 공격할 것 같소이까?"

"오를 공격하는 일 외에 저토록 많은 대군이 어디를 향할 수 있겠습니까?"

"그렇다면 오는 싸워야 마땅하겠소, 아니면 싸우지 않는 것이 좋겠소?"

손권의 말에 제갈량이 가볍게 웃었다.

"하하하."

손권은 무엇인가 깨달은 듯 다시 예의를 갖춰 말했다.

"실은 오늘 반드시 선생의 의견을 듣고 싶었습니다. 바라건대 큰 일을 앞두고 오가 어떤 결정을 내려야 할지 가르쳐 주시면 고맙겠소이다."

"그럼 편하게 말씀 올리겠습니다. 지난날 손책 장군이 오를 일으키셨고 오늘날 손씨 집안은 번영을 이루었습니다. 유 황숙께서도 백성을 구하기 위해 조조의 대군과 천하를 다투고 계십니다. 지금은 싸움에 패하여 병사도 적고 땅도 없는 상태지만 오와 손을 잡기를 진심으로 바라고 계십니다. 주공께서 원대한 뜻을 품고 계시다면 부디 유 황숙과 손을 잡으시고 즉시 조조와의 관계를 끊으십시오. 만약 그러한 뜻이 없고 도저히 조조와 싸울 자신이 없어 포기하신다면 한 가지 간단한 방법이 있기는 합니다."

"싸우지 않고 나라를 편안하게 할 수 있는 좋은 방법이 있다는 말씀이오?"

"네, 항복하는 것입니다. 무릎을 굽히고 조조의 발아래에서 불쌍히 굴면 될 것입니다. 갑옷을 벗고 성을 버리고 땅을 바치십시오. 그런 뒤 조조의 처분에 맡긴다면 조조도 매정하게 대하지는 않을 것입니다."

손권은 말없이 고개를 숙였다. 그는 부모의 무덤에 머리를 조아리는 일 외에 여태 다른 사람에게 무릎을 굽힌 적이 없었다.

제갈량이 고개를 숙인 손권에게 이어 말했다.

"필시 주공은 가슴속에 큰 자부심을 품고 계실 것입니다. 또 대장부로 태어나 큰일을 해내고 싶은 희망과 용기도 있을 것입니다. 그런데 오의 대신들은 한결같이 싸움을 반대합니다. 하지만 사태는 시급하고 중대합니다. 만약 시간을 허비하여 결단할 때를 놓치면 머지않아 큰 화가 닥칠 것입니다. 그러니 싸우든 항복하든 빨리 결정해야 합니다."

손권은 고개를 들었다. 속으로 억누르고 있던 화가 눈과 입술 그리고 표정에 드러났다.

"선생의 말을 듣고 있으면 남의 일이라고 함부로 말하는 듯한 느낌이 드오. 그렇다면 선생의 주인인 유 황숙에게도 항복을 권할 수 있겠소?"

"유 황숙께서 어찌 조조 같은 무리에게 항복하겠습니까. 제가 주공께 드린 말을 그대로 유 황숙께 한다면 당장 제 목을 칠 것입니다."

손권은 자리에서 벌떡 일어나 큰 걸음으로 나가 버렸다. 그러자 노숙이 다가와 말했다.

"그토록 제가 충고했는데 왜 그러셨습니까? 선생의 말을 듣고 있으면 저희 주군뿐 아니라 누구라도 화가 날 것입니다."

"하하, 안타깝습니다. 조조의 백만 대군도 제 눈에는 개미 떼에 불과합니다. 제가 한 손가락을 움직이면 산산조각이 날 것입니다. 그리고 한 손을 움직이면 큰 강이 거꾸로 올라 그의 대군을 집어삼킬 것입니다."

"그렇다면 조조를 칠 좋은 방법이 있단 말이오?"

제갈량이 고개를 끄덕이자 노숙은 손권을 설득해 다시 제갈량을 만나게 했다.

"깊이 생각해 보니 조조가 오랫동안 적으로 여기고 있는 것은 우리 오와 유 황숙이었소이다. 하나 우리 오의 병사들은 오랫동안 아무 근심 없이 살았기에 조조의 대군을 당해 내기 어렵소이다. 그러니 조조와 맞서 싸울 사람은 유 황숙밖에는 없는 듯하오."

손권의 말에 제갈량이 가까이 다가와 대답했다.

"안심하십시오. 유 황숙의 덕을 우러러보던 병사들이 모두 돌아오고 있습니다. 그러니 지는 것도 이기는 것도 모두 장군의 마음 하나에 달려 있을 뿐입니다."

"내 마음은 이미 정했소이다. 나는 오의 손권이오. 아무렴 조조 따위에게 굴복하겠소?"

"그러시다면 대사를 이룰 기회는 바로 오늘인 듯합니다. 조조의 백만 대군은 오랜 싸움에 지쳐 있습니다. 지금 유 황숙과 힘을 합친다면 조조를 물리칠 수 있을 것입니다."

"더는 주저하지 않겠소. 노숙, 즉시 병마를 준비하고 전쟁에 나갈 것을 알리시오."

노숙은 손권의 명을 대신들에게 전했다. 그러자 장소를 비롯한 대신들이 손권에게 몰려왔다.

"강대한 하북의 원소도 조조에게는 패하고 말았사옵니다. 그 당시만 해도 조조는 지금처럼 강하지 않던 때였습니다. 주공께서는 제갈량의 말에 혼란스러워 하지 마시고 부디 깊고 현명히 생각하시어 나라를 근심에 빠뜨리지 마셔야 합니다."

장소의 눈에 눈물이 고였다.

"그렇다면 더 생각해 보겠다."

손권이 한숨을 내쉬며 말했다. 그러고는 안으로 들어가 며칠 동안 밥도 먹지 않고 생각에 잠겼다. 보다 못한 손권의 이모가 손권을 찾아왔다.

"우리 주공께서는 어린아이와 같습니다. 그런 일로 끼니를 거르다니요. 형의 유언을 잊어버리셨습니까? 나라 안의 일은 장소에게 문고 나라 밖의 일은 주유에게 물으라 하지 않았습니까?"

"아, 맞습니다. 지금도 형님의 목소리가 들리는 듯합니다."

"그것 보십시오. 평소에 아버지와 형님을 잊고 지내시니 이렇게 고민을 하는 것입니다."

"그렇습니다, 그렇습니다."

손권은 꿈에서 깬 듯 큰 소리로 외쳤다.

"어서 주유를 불러 의견을 들어야겠습니다. 왜 지금까지 그 생각을 못했단 말입니까."

손권은 곧바로 병사를 보내 주유를 불러들였다. 주유는 오의 수군을 총감독하는 도독으로 임명받아 파양호에서 병사들을 훈련시키고 있었다.

9

칼을 뽑아 든 손권

주유는 손권의 부름을 받고 오로 들어갈 준비를 했다. 그때 장소를 비롯한 오의 대신들이 주유를 찾아왔다.

"도독, 노숙은 참으로 이상한 사람이오. 무슨 까닭에서인지 제갈량을 데려와 주공의 마음을 흔들어 놓고 있습니다. 나라를 팔고 백성을 어려움에 빠뜨릴까 봐 걱정입니다."

주유는 대신들을 돌아보며 말했다.

"실은 저도 지금은 싸울 때가 아니며 조조에게 항복하는 게 오를 위한 일이라고 생각합니다."

주유의 대답에 대신들은 기뻐하며 돌아갔다. 저녁 무렵에 제갈근과 몇몇 대신이 주유를 만나러 왔다.

"제가 제갈량의 형이다 보니 지난 회의 때 참석해서 의견을 말하지 못했습니다. 항복은 쉽고 싸움은 위태로운 법입니다. 오의 안전을 생각하면 싸우지 않는 것이 좋을 듯합니다."

주유가 큰 소리로 웃었다.

"그럼 아우인 제갈량과는 생각이 다르단 말이오? 어쨌든 내일 주공을 뵙고 난 뒤에 결정하겠소. 오늘은 그만 돌아들 가십시오."

밤이 되자 이번에는 노숙이 제갈량을 데리고 주유를 찾아왔다.

"도독, 결단을 내리셨는지요?"

"그렇소. 나라를 지키기 위해서는 조조에게 항복할 수밖에 없을 듯싶소."

"손견 장군과 손책 장군의 피로 다진 오의 땅을 어찌 하루아침에 조조의 손에 넘길 수 있소이까? 생각만으로도 온몸의 털이 거꾸로 설 것만 같습니다."

"백성과 오를 위해서라면 어쩔 수 없지 않소."

"모두 한마음으로 뭉치면 조조의 군대는 오의 땅에 한 발도 들여놓을 수 없을 것입니다."

노숙과 주유의 대화를 듣던 제갈량이 갑자기 웃음을 터뜨렸다.

"선생은 무엇 때문에 그렇게 웃는 것이오?"

주유가 못마땅한 얼굴로 제갈량에게 물었다.

"조조의 싸움 기술은 손자보다 뛰어납니다. 누가 뭐라 해도 지금 조조를 상대할 만한 사람은 유 황숙뿐입니다. 또한 오의 대신들은 모두 자신의 안전만 생각하고 있습니다. 노숙 선생 혼자 주장을 펼치시며 지금도 도독에게 아무 소용없는 말을 계속하고 있습니다. 쓸쓸한 마음에 저도 모르게 웃음이 나왔습니다."

제갈량의 말에 노숙은 얼굴빛을 바꾸며 따져 물었다.

"그럼 선생은 오의 대신들이 조조에게 무릎을 꿇어야 된다고 권하는 것입니까?"

"아닙니다. 저는 절대로 오의 불행을 바라지 않습니다. 그런 뜻에서 제가 싸우지 않고 나라를 지키는 방법을 말씀드리고 싶습니다."

"그런 방법이 있다면 그건 오에게 기적과도 같은 일입니다."

노숙과 주유는 제갈량의 말에 귀를 기울였다.

"아주 간단합니다. 단지 작은 배 한 척과 두 여인을 선물로 보내면 되는 일입니다."

"두 여인은 대체 누구를 말하는 것입니까? 두 여인을 보내면 어찌 조조가 오를 침범하지 않는단 말입니까?"

"조조는 하북을 차지한 뒤 장하 강변에 동작대를 지었다고 합니다. 그곳은 조조 자신의 쾌락을 위해 지은 것입니다. 게다가 조조는 오에서 가장 미인으로 소문난 교공의 두 딸을 동작대에 두고 싶어 합니다. 그러니 조조에게 두 여인을 보내시면 조조는 즉시 전쟁을 접을 것입니다."

제갈량의 말이 끝나자마자 주유가 얼굴색을 바꾸며 말했다.

"근거 없는 소리 그만 집어치우시오."

"근거 없다니요? 조조가 동작대에 이런 시를 적어 놓았습니다. '내가 제왕이 되면 반드시 이교를 맞아들여 동작대의 꽃으로 삼겠다.'"

그 순간 주유는 손에 들고 있던 술잔을 떨어뜨렸다. 주유는 손권의 아버지 손책과 친구이자 동서* 사이였다. 손책은 교공의 첫째 딸을 주유는 둘째 딸을 아내로 맞이했다. 두 딸 모두 워낙 뛰어난 미인

이라 '교공의 이교'라고 하면 모르는 사람이 없었다.

"시 속에 담긴 이교에 대한 야망은 그냥 두고 볼 수 없는 모욕이오. 결단코 조조의 추악한 야망을 벌하지 않으면 안 되겠소."

주유가 이를 바드득 갈며 말했다.

"옛날 흉노가 세력을 떨칠 때, 당시 황제는 눈물을 머금고 귀한 따님을 호족의 왕에게 시집보낸 일도 있습니다. 그런데 어째서 도독은 두 여인을 보내는 일에 그렇게 화를 내시는 것인지요?"

제갈량이 이해할 수 없다는 듯 물었다.

"선생은 아직 모르시는 것이오? 교공의 첫째 딸은 선군*인 손책의 부인이고, 둘째 딸은 내 아내라는 것을!"

주유의 얼굴이 불처럼 타올랐다.

"정말이십니까? 제가 그런 줄도 모르고 큰 실례를 범했습니다. 부디 용서해 주십시오."

제갈량이 시치미를 떼며 사과했다.

"아니오. 선생에게는 죄가 없소. 내 결단코 조조를 가만두지 않을 것이오. 절대 조조에게 항복할 수 없소이다. 그러니 선생도 힘을 보태 주시오."

"그 결의만 굳건하시다면 어찌 힘을 보태지 않을 수 있겠습니까?"

"내일 주공께 말씀을 올릴 것이니, 오의 대신들 의견일랑 걱정할 필요가 없소. 오로지 단 하나 출정* 명령만 있을 뿐이오."

통서 1. 시아주버니의 아내를 이르는 말. 2. 시동생의 아내를 이르거나 부르는 말. 3. 처형이나 처제의 남편을 이르는 말. | 선군 지금 주군 이전의 주군. | 출정 군사를 보내 적을 침.

주유는 두 주먹을 불끈 쥐며 의지를 불태웠다. 그러고는 곧장 파양호를 나섰다. 거의 한숨도 자지 않고 길을 갔기에 다음 날 아침 오에 도착할 수 있었다. 오의 대신들 모두 주유가 오기만을 기다리고 있었다. 주유가 어떻게 결단을 내리는지에 따라 오의 운명이 판가름 나기 때문이었다.

손권이 주유에게 다급히 물었다.

"어서 도독의 생각을 말해 주시오."

"조조는 역적입니다. 그가 거짓 명분을 내세운다면 우리는 황제의 명을 더럽히는 역적을 벌해야 할 것입니다."

주유의 말에 장소가 나서서 말했다.

"조조의 백만 대군에 맞서 싸우기에는 우리 힘이 너무 부족하오."

"중요한 건 싸움에 대한 의지지 병사의 수가 아니오. 반드시 이기겠다는 마음으로 조조의 허점을 노려 공략하는 것이오. 장소 그대는 책만 파고드는 벼슬아치라 싸움에는 재주가 없는 것 같소이다."

주유가 장소를 비웃었다.

"조조의 군대가 용맹한 것은 사실이지만, 그들은 북방에서 나고 자라 육지에서는 강할지 몰라도 물에서는 약합니다. 아무리 조조라 해도 말 위에서가 아니면 우리 수군을 당해 낼 수 없을 것입니다. 주군, 바라옵건대 부디 제게 병사 수만 명을 내려 조조의 대군을 격파할 수 있게 해 주십시오."

항복을 주장하던 대신들의 얼굴에서 핏기가 사라졌다.

"주 도독, 말씀 잘 하셨소이다. 역적 조조의 행동을 살펴보면 그가 얼마나 큰 야망을 품고 있는지 알 수 있소. 그는 틈만 나면 자신의 욕심을 채우기 위해 폭력과 위협을 일삼았소. 원소, 여포, 유표 모두 조조에게 패하고 이제 오직 이 손권만이 남았을 뿐이오. 그런데 내 어찌 가만히 앉아 원소와 유표처럼 비참한 최후를 맞이하겠소이까."

"신은 오를 위해 목숨을 바칠 준비가 되어 있지만, 주군께서 조금이라도 결심이 흔들리시지 않을까 걱정입니다"

"그렇다면 조조의 머리를 베기에 앞서 나의 망설임부터 베겠소!"

손권은 갑자기 일어서서 칼을 뽑아 앞에 있던 탁자를 두 동강 내더니 칼을 높이 들어 올리며 말했다.

"오늘 이후 다시는 이 문제를 논하지 않을 것이다. 앞으로 조조에게 항복을 권하는 자가 있다면 누구든지 이 탁자와 같은 운명이 될 것이다!"

손권은 자신의 칼을 주유에게 내리고 그 자리에서 그를 대도독으로 임명했다.

주유는 집에 돌아가는 도중에 생각했다.

'제갈량은 사람의 마음을 읽는 능력이 탁월하다. 아무리 생각해도 나보다 한 수 위인 게 틀림없다. 그냥 두면 나중에 근심이 될 것이다.'

주유는 방향을 돌려 노숙의 집을 찾았다.

"이제부터는 오직 그대와 내가 힘을 합쳐 적을 무찌르는 일만 남

았소. 그러니 제갈량은 더는우리에게 아무런 도움이 되지 않소. 아니, 뒷날 재앙을 불러올 수도 있소. 지금 제갈량을 없애는 건 어떨지……."

"예? 제갈량을요?"

노숙은 깜짝 놀라며 어안이 벙벙한 표정을 지었다.

"그렇소. 지금 제갈량을 죽이지 않으면 언젠가 유비를 도와 오를 침략할 수도 있소. 그 지혜로 장래에 어떤 일을 꾸밀지 모를 일이오."

"절대로 안 됩니다. 제갈량이 우리 편이 아니라 해도 적이 아닌 이상 제갈량을 죽인다는 것은 대장부가 할 일이 아닙니다. 세상에 알려지면 웃음거리가 될 것입니다."

"그러한가?"

주유가 결단을 내리지 못하고 고민하자 노숙은 솔깃할 만한 제안을 했다.

"차라리 제갈근을 이용해 제갈량이 유비와 인연을 끊고 오의 신하가 되도록 설득하는 편이 더 좋을 것입니다."

"과연 그것이 좋겠소. 제갈근이 제갈량을 설득할 수 있게 합시다."

그사이 해가 떠오르기 시작했고 주유와 노숙은 강가로 향했다.

대도독 주유가 장병들을 향해 외쳤다.

"지금 위의 조조는 황제의 권력을 빼앗았다. 그 죄는 동탁과도 비교할 수 없을 정도로 크다. 황제를 허창 안에 가두어 놓고 우리 오에 쳐들어오려고 한다. 이 역적을 치는 일은 신하 된 도리이자 정의를 지키는 일이다. 싸움에서 공을 세우는 자에게는 상을 내릴 것이고 죄를 지은 자는 벌할 것이다. 오를 위해 조조를 쳐라!"

한편 제갈근은 혼자 말을 타고 제갈량에게 찾아갔다. 주유의 명을 받고 제갈량을 설득하러 간 것이었다.

"형님, 잘 오셨습니다. 성에서는 다른 사람들이 있어 제대로 이야기도 나누지 못했습니다. 그간 별일은 없으셨는지요?"

제갈량은 형을 보자 어릴 적 추억이 떠올라 눈물을 흘렸다. 제갈근도 눈가가 젖어 한동안 말을 잇지 못했다.

이윽고 제갈근이 마음을 다잡고 말했다.

"아우야, 너는 백이와 숙제 형제를 어떻게 생각하느냐? 그들은 서로 벼슬을 양보하고 나라에서 물러난 뒤 수양산에 들어가 굶어 죽었지만 그 이름은 오늘날까지 전해지고 있다. 너와 나 또한 피를 나눈 형제다. 어릴 적 고향을 떠나 지금은 서로 다른 군주를 섬기며 만나지도 못하다가 마침내 만나게 되었다. 하지만 너는 유 황숙의 사자로, 나는 오의 신하로, 마음 놓고 이야기도 나누지 못하다니 백이와 숙제 형제와 비교하면 많이 부끄럽구나."

"아닙니다, 형님. 이 어리석은 동생의 생각은 조금 다릅니다. 형제의 의나 정보다는 충과 효가 더 중요하다고 생각합니다."

"충, 효, 의 중 하나가 빠지면 신하의 도리라고 할 수 없지만 형제가 하나 되어 조화를 이루면 그것이 효이자 또 충을 따르는 것이 아니겠느냐?"

"형님과 저도, 부모님도, 유 황숙도 모두 한나라 사람입니다. 만약 형님이 뜻을 바꿔 유 황숙을 섬긴다면 돌아가신 부모님도 기뻐할 것입니다. 게다가 부모님의 무덤도 강북에 있지 않습니까?"

제갈근은 더는 아무 말도 하지 못했다. 미리 준비했던 말을 반대로 동생에게 듣자 오히려 자신이 설득당하는 모양새가 되었다.

그때 저 멀리 강가에서 북소리가 들려왔다.

"저 소리는 오의 대군이 싸움터로 나간다는 소리가 아닙니까? 형님은 오의 신하입니다. 저는 개의치 마시고 어서 가 보십시오."

"그래, 또 만나자꾸나."

제갈근은 그만 가슴속의 말을 한 마디도 꺼내지 못하고 밖으로 나왔다. 그런 뒤 주유에게 가서 상황을 알렸다.

"그럼 그대도 언젠가 제갈량과 함께 강북으로 돌아갈 생각이오?"

제갈근은 당황해하며 손을 내저었다.

"어찌 제가 오의 은혜를 배신하겠습니까? 그런 의심은 거두어 주십시오."

"하하, 농담이오."

하지만 제갈량에 대한 주유의 경계심은 더욱 커져만 갔다.

삼일 안에 화살 십만 개를 만들다

주유는 노숙을 시켜 제갈량을 은밀히 불러냈다.

"선생에게 가르침을 청할 것이 있습니다. 조조가 원소와의 싸움에서 얼마 안 되는 병사로 어떻게 대군을 물리쳤는지 알려 주십시오."

"싸움에 대한 의지와 재빠른 기술 덕분이겠지요. 조조의 군대가 원소의 군량을 불태운 것이 승리의 결정적인 요인이라고 봅니다."

주유가 무릎을 치며 감탄했다.

"아, 명쾌한 답변입니다. 지금 조조의 병력은 팔십삼만, 우리 군의 수는 고작 삼만입니다. 예전에 비하면 조조의 군대가 매우 유리한 입장입니다. 조조의 병력을 깨기 위해서는 우리도 그의 군량 수송 길을 끊어야 할 텐데 선생이라면 어떻게 하시겠습니까?"

"그의 군량지는 어디입니까?"

"모두 취철산에 있다고 합니다. 선생은 소년 시절부터 형주에 살아 그 주변 지리를 훤히 꿰뚫고 있다 들었습니다. 그러니 선생이 그곳으로 가 조조의 군량을 불태워 주십시오."

제갈량은 주유가 적의 손을 빌려 자신을 죽이려 한다는 것을 깨달았다. 하지만 속마음을 내비치지 않고 주유의 부탁을 받아들였다.

제갈량이 숙소로 돌아가자 노숙이 따라나섰다.

"선생, 조조가 어찌 군대의 생명 줄인 군량지를 소홀히 하겠소이까? 그곳에 가는 것은 호랑이 굴로 들어가는 것과 같습니다."

"육지의 승자인 선생은 물에서는 어둡고 강 위의 명장인 주 도독은 육지에서는 뭍으로 올라온 물고기와 다름없습니다. 모쪼록 명장이라면 물이든 뭍이든 다 능통해야 하는데 한쪽만 능하다면 바퀴 한쪽이 빠진 것과 다르지 않습니다."

"그건 선생답지 않은 말씀입니다."

"제게 취철산의 군량고를 불태우라고 말하는 거야말로 육지 전쟁에 대해 전혀 모른다는 증거가 아니겠습니까? 제가 만약 오늘 밤 공격하다 죽는다면 주 도독의 어리석음이 세상에 널리 알려질 것입니다."

노숙은 놀라서 그길로 주유을 찾아가 제갈량의 말을 전했다.

"뭐요, 이 주유가 육지 전쟁에 약하다고? 지금 당장 제갈량에게 가서 출정을 그만두게 하시오. 내가 직접 가서 반드시 적의 군량고를 불태워 버리고 말겠소."

제갈량에게 모욕을 당한 주유는 자신의 실력을 뽐내고픈 마음뿐이었다.

노숙이 제갈량에게 주유의 이야기를 전하자 제갈량이 웃으며 말했다.

"아무리 많은 병사를 데리고 가도 결국 조조에게 모두 붙잡히고 말 것이오. 지금 오와 유 황숙이 진정으로 하나가 되어 조조에게 대항하면 반드시 이길 수 있습니다. 하지만 서로 시기하고 의심하면 결코 조조를 이길 수 없습니다. 그러니 어서 가서 주 도독을 말리십시오."

노숙은 다시 주유에게 달려가 제갈량의 말을 전했다. 그러자 주유가 한탄했다.

"아, 제갈량의 지혜를 따라가질 못하겠구나. 하지만 다음 기회에 반드시……."

주유는 속으로 제갈량을 떠올리며 이를 갈았다.

그러던 어느 날 유비는 제갈량의 소식을 물으러 미축을 사자로 보냈다. 미축이 도착했지만 주유는 제갈량을 만나지 못하게 했다.

"제갈량 선생은 전쟁 준비로 바쁘십니다. 유 황숙께서 꼭 한 번 오셔서 조조를 치기 위한 대책을 논의하면 그보다 더 힘이 되는 일이 없을 듯합니다."

주유는 제갈량을 빼돌리고 유비를 죽이는 것이 오의 장래를 위한 일이라고 굳게 믿고 있었다. 그런 뜻도 모르고 미축은 돌아가 유비에게 주유의 뜻을 전했다.

유비는 곧바로 배를 타고 오의 진영으로 갔다.

주유는 직접 나가 유비를 맞이했다. 그런 뒤 유비를 위해 술자리를 마련했다.

얼마 뒤 제갈량이 소식을 듣고 달려왔다. 하지만 안으로 들어가지 않고 밖에서 상황을 살폈다. 유비는 그런 줄도 모르고 마음 편히 주유와 이야기를 나누었다. 제갈량은 유비 옆에 관우가 우뚝 서 있는 것을 확인하고는 자신의 숙소로 돌아갔다.

술자리가 무르익었을 때 유비가 먼저 말을 꺼냈다.

"제 신하 제갈량이 이곳에 머무르고 있을 텐데 불러 주실 수 있는지요?"

주유가 바로 말을 가로챘다.

"어차피 전쟁 준비로 바쁘니 조조를 친 뒤 축하 자리에서 만나면 되지 않겠습니까?"

유비는 눈치를 채고 자리에서 급히 일어났다. 그러자 주유가 당황해 하며 밖에까지 따라 나와 배웅을 했다. 사실 주유는 유비와 관우에게 술을 먹인 뒤 몰래 죽이려고 병사들을 숨겨 놓았다. 하지만 신호를 보낼 여유조차 없어 실패하고 말았던 것이다.

유비와 관우는 서둘러 강기슭으로 달려갔다. 배에 오르려고 할 때 제갈량의 목소리가 들렸다.

"주군, 무사하셔서 다행입니다."

유비가 달려가 제갈량의 손을 잡았다. 제갈량은 침착하고 진지한 표정으로 뭔가를 말하고 있었다.

"저는 지금 호랑이 입안에 있습니다만 잘 지내니 걱정하지 마십시오. 조운에게 명하여 11월 20일에 작지만 빠른 배 한 척을 가지고 남쪽 기슭에서 저를 기다리라고 해 주십시오. 저는 동남풍*이 부

는 그날 돌아가겠습니다."

"그대는 어찌 앞으로 동남풍이 불 날을 알 수 있소?"

"십 년간 융중의 언덕에 살았을 때 매년 봄이 가고 여름을 맞고 가을을 보내고 겨울을 기다리며 생활하던 몸이라 그 정도는 헤아릴 수 있습니다. 주군은 사람들 눈에 띄기 전에 서둘러 떠나십시오."

제갈량은 유비에게 배에 오를 것을 재촉하고 자신도 홀연히 오의 진영 속으로 모습을 감추었다.

얼마 뒤 조조의 대군이 북을 울리고 물살을 가르며 오를 공격해 왔다. 형주에서 항복한 채모와 장윤이 앞장섰다.

"공격하라."

"형주의 개구리와 북국*의 족제비들이 인간 흉내를 내고 있구나. 장강의 물은 우물 안과 다르다는 것을 보여 주겠다."

오의 군함이 하얀 물살을 일으키며 돌진해 포탄을 쏟아 부었다. 그러자 위의 병선이 한 척씩 침몰하고 병사들도 물에 빠져 죽거나 불에 타 죽지 않으려고 도망치기 바빴다.

조조는 이 소식을 전해 듣고 애써 화를 눌렀다.

"중요한 것은 앞날이다. 또다시 치욕을 안긴다면 그때는 용서하지 않겠다. 앞으로 어떻게 할 것인가?"

조조가 너그럽게 말하자 채모는 머리를 조아렸다.

동남풍 동남쪽에서 서북쪽으로 비스듬히 부는 바람. | **북국** 북쪽에 있는 나라.

"오의 수군은 오랫동안 파양호를 중심으로 충분히 훈련을 받았습니다. 더욱이 오의 병사는 어릴 때부터 물에 익숙한 무리입니다. 그러니 공격을 멈추고 수비를 하며 수중에 요새를 만드는 것이 좋을 듯합니다. 그런 다음 적을 꾀어내어 공격하는 것입니다."

"흠, 좋은 방법인 듯하오."

사실은 조조도 물 위 싸움은 자신이 없었다. 그래서 채모와 장윤에게 책임을 묻지 않았던 것이다. 게다가 그들을 대신할 사람을 찾지도 못했다.

채모와 장윤은 전쟁 준비를 더 철저히 했다. 삼백 리에 걸친 요새에는 횃불과 봉화가 불타올랐다. 군량을 나르는 수레 소리가 끊이지 않았다. 그 규모는 위의 엄청난 세력을 그대로 보여 주는 것이었다.

"그대는 요즘 북방의 하늘이 밤마다 빨갛게 물드는데 왜 그런 줄 아시오?"

남쪽 강기슭에 진을 친 주유가 의아한 듯 노숙에게 물었다.

"조조가 급하게 세운 요새의 횃불과 봉화가 구름에 비치는 것입니다."

주유는 불안한 마음이 들었다.

"전쟁에서 이기는 가장 중요한 방법은 적을 아는 것이오."

주유는 그날 밤 몰래 조조의 진영을 살피러 갔다. 그곳을 샅샅이 둘러본 뒤 주유는 깜짝 놀라고 말았다.

"조조에게는 물에서 싸울 능한 자가 없다고 생각했는데 내 생각이 잘못되었소. 채모와 장윤을 죽이지 않으면 아무리 물에서 싸운다 해도 절대 안심할 수 없을 것이오."

주유에게 계획이 들통나자 조조는 불같이 화를 냈다.

"이렇게 허점이 있어서 언제 오를 손에 넣을 수 있겠는가?"

그때 누군가 나서서 말했다.

"승상, 제가 주유를 설득해서 우리 편으로 만들어 보겠습니다. 주유는 저와 어린 시절부터 함께 공부한 벗입니다."

"오, 장간이군. 오에서 주유를 빼앗아 올 수만 있다면 싸움은 단번에 끝나고 말 것이오. 어서 서둘러 주시오."

장간은 두루마기 하나만 걸친 채 술 항아리를 싣고 오의 진영으로 갔다.

"도독님의 옛 친구라는 자가 멀리서 벗이 그리워 찾아왔다고 합니다."

신하의 말을 듣고 주유가 껄껄 웃으며 말했다.

"하하하, 드디어 왔구나. 장간일 것이다. 어서 들여보내라."

이윽고 장간이 안내를 받고 들어왔다.

"장간, 오랜만이네. 오는 도중에 다행히 화살을 맞지 않고 잘 왔군. 이런 혼란한 시기에 먼 길을 온 걸 보면 조조의 부탁을 받고 온 게 아닌가? 하하하."

장간은 내심 놀라면서도 태연한 표정을 지어 보였다.

"옛 시절이 그리워 온 사람한테 그게 무슨 말인가."

장간은 일부러 섭섭한 표정을 지었다. 주유는 웃으며 그런 장간의 어깨를 다독였다.

"허물없는 벗이니 그런 농담도 할 수 있는 것 아니겠나. 어쨌든 잘 왔네. 오늘 밤에 마음껏 술을 마셔 보세."

주유는 장간과 함께 늦은 밤까지 술을 마셨다. 그러고는 얼마 뒤 주유는 술에 취해 옷도 벗지 않고 그대로 이불 위에 엎어져 잠이 들었다.

"이보게 이러다 감기라도 걸리면……"

장간이 몇 번이고 주유를 흔들어 깨웠지만 주유는 코만 골 뿐이었다. 방 안은 금방 술 창고처럼 술 냄새로 찌들었다.

그때 장간의 눈에 탁상에 놓인 편지 하나가 들어왔다. 장간은 떨리는 손을 책상 위로 뻗으며 곁눈질로 주유를 살폈다. 다음 순간 장간은 재빠르게 편지를 읽어 내려갔다.

채모와 장윤입니다. 조조를 속여 북군을 못 움직이게 해 놓았습니다.
조만간 내란을 일으켜 조조의 목을 베어 오겠습니다.

새벽 무렵 장간은 뒷간*에 가는 체하며 방에서 나왔다. 그러고는 강까지 바람처럼 달려가 배에 올랐다.

그 시간, 조조는 장간이 돌아오기만을 손꼽아 기다렸다. 내심 주유가 항복해 오기를 바랐던 것이다. 하지만 장간은 혼자 돌아왔다.

"명을 받고 간 일은 잘되지 않았습니다."

___
뒷간 옛날에 화장실을 가리키던 말.

조조는 크게 실망했다. 그때 장간이 말을 이었다.

"그보다 더 큰일을 오의 진영에서 알아왔습니다. 이것을 한번 보십시오."

장간은 주유의 방에서 훔쳐 온 편지를 조조에게 내밀었다. 편지를 본 조조가 큰소리로 외쳤다.

"감히 이 조조를 속이다니! 당장 두 놈의 목을 쳐라!"

병사들이 달려가 채모와 장윤을 잡아 왔다. 두 사람은 한 마디 변명도 하지 못하고 목이 잘리고 말았다.

소식을 들은 주유가 노숙에게 자랑하듯 말했다.

"어떻소? 내 계략이야말로 명사수가 활을 쏘아 날아가는 새를 맞추는 것과 같지 않소이까? 이제 조조의 운명은 이 손안에 있는 것과 다름없소. 다음은 제갈량이오!"

"이유도 없이 제갈량을 죽이면 세상 사람들에게 비난을 받을 것입니다."

노숙이 걱정스러운 얼굴로 한숨을 내쉬었다. 그러자 주유가 주위를 살피며 목소리를 낮췄다.

"개인적인 원한이 아닌 공적인 일로 죽이면 비난을 피할 수 있을 것이오."

며칠 뒤, 주유가 회의 자리에서 제갈량에게 물었다.

"선생, 물에서 싸움을 할 때는 어떤 무기를 가장 많이 준비해 두어야 합니까?"

"앞으로는 특수한 무기가 발명될지 모르겠습니다만 아직까지는 활과 화살만 한 무기는 없을 듯합니다."

제갈량의 대답에 주유가 고개를 끄덕이며 다시 물었다.

"옛날 주의 태공망께서는 진중*에 장인을 두고 많은 무기를 만들게 했다고 들었습니다. 선생께서도 부디 오를 위해 화살 십만 개를 만들어 주실 수 있는지요?"

"진중에 화살이 그리 부족합니까?"

"전쟁이 시작되면 지금 모아 둔 화살은 눈 깜짝할 사이에 없어질 것이 불 보듯 뻔합니다."

"알겠습니다. 만들도록 하지요."

"십 일 안에 가능하신지요?"

"당장 내일 일도 어찌 될지 모르는 것이 전쟁입니다. 십 일이라는 긴 시간 동안 무슨 일이 생길지 알 수 없습니다. 삼 일 안에 화살 십만 개를 만들어 드리겠습니다.

"삼 일 안에요? 저를 놀리시는 건 아닌지요?"

"그럴 리 있겠습니까. 반드시 삼 일 안에 화살 십만 개를 준비하겠습니다."

회의가 끝난 뒤 노숙이 주유에게 다가가 속삭였다.

"제갈량이 삼 일 안에 화살 십만 개를 만들 수는 없습니다."

"두고 보시오. 스스로 자신의 목을 갖다 바치는 격이 될 것이오."

다음 날 노숙은 제갈량을 찾아가 물었다.

진중 군대나 부대 안.

"어쩌려고 도독이 십 일 안에 만들라고 한 화살을 삼 일 안에 만들겠다고 하신 겁니까?"

"저를 좀 도와주십시오. 병사 오백 명, 그리고 푸른 천과 짚으로 둘러싼 배 스무 척을 마련해 주시면 반드시 화살 십만 개를 만들어 오겠습니다. 단, 이 일을 절대로 도독께는 비밀로 해 주시길 바랍니다. 아시면 허락하지 않을지도 모르니 말입니다."

노숙은 도무지 제갈량의 뜻을 알 수 없었다. 고민 끝에 노숙은 주유에게 제갈량의 말을 그대로 전하고 의견을 물었다.

"잘 모르겠군."

주유도 고개를 갸웃거리며 생각에 잠겼다.

"어떻게 해야 할지요?"

"뭐, 해 달라는 대로 해 주고 지켜보면 어떨까 싶소."

노숙은 제갈량이 말한 대로 배와 병사를 준비해 주었다. 그런 뒤 삼 일째가 되는 날 다시 제갈량을 찾아갔다.

"선생, 기한은 오늘까지입니다."

"그렇습니다. 오늘 밤입니다. 선생도 같이 가시겠습니까?"

"어디를 말입니까?"

"강북 쪽 기슭으로 화살 사냥을 가는 것입니다."

제갈량은 웃으면서 노숙의 손을 잡고 배 안으로 이끌었다.

하얀 안개가 짙게 깔린 밤이었다. 배 스무 척은 천천히 북쪽을 향해 강을 거슬러 올랐다.

"스무 척 모두 짚과 천으로 덮은 것이 꼭 복면을 쓴 위장선 같습니다."

노숙이 궁금해 하며 계속 물었지만 제갈량은 그저 같은 말만 되풀이했다.

"이 짙게 깔린 밤안개가 걷히면 아시게 될 겁니다."

그날 밤은 짙은 안개 때문에 각 진영의 횃불들조차 가물가물할 정도였다.

조조는 초저녁부터 강기슭의 경비를 튼튼히 하라고 명을 내려놓은 상태였다.

"오늘 같은 밤은 마음을 놓아서는 안 된다. 모든 진영은 경계를 더욱 강화하라."

그때 강 저 멀리에서 함성이 들렸다. 조조와 함께 보초를 서고 있던 부하들이 달려가 보니 오의 군함들이 밤안개를 뚫고 다가오고 있었다.

"당황하지 말고 활을 쏘아라."

조조는 기다리고 있었다는 듯 한꺼번에 활을 쏘게 했다. 얼마 뒤 오의 군함들은 쏜살같이 강을 내려갔다.

"승상, 화살을 선물로 주셔서 고맙습니다."

제갈량이 북쪽을 향해 말했다. 실제로 두툼한 짚과 천으로 뒤덮인 배에는 빽빽하게 적의 화살이 꽂혀 있었다.

"당했다."

나중에야 깨달은 조조가 추격선을 보냈지만 제갈량의 배를 놓치고 말았다.

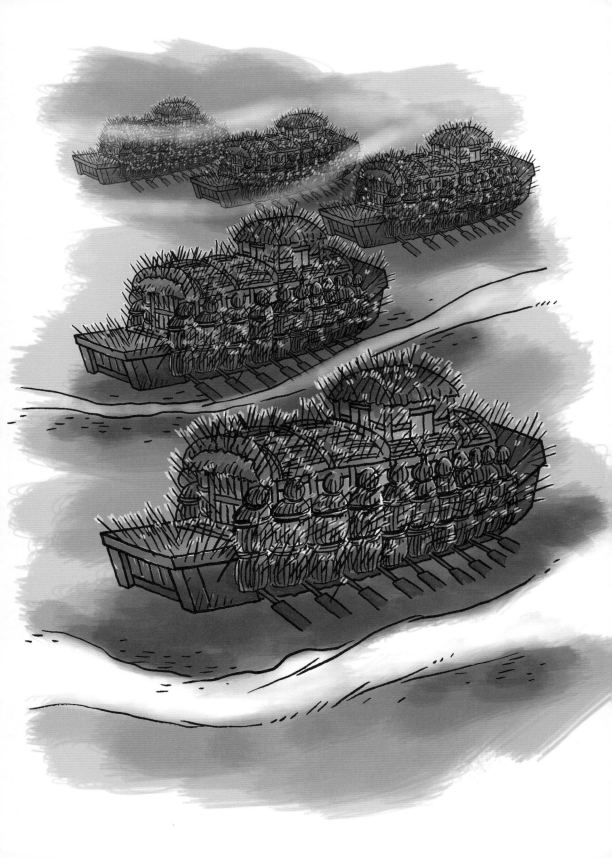

"어떻습니까? 이 화살을 셀 수 있으신지요?"

제갈량이 노숙에게 말을 걸었다. 노숙은 그제야 제갈량의 계책을 깨닫고 그저 혀를 내두르며 감탄할 뿐이었다.

"도저히 셀 수가 없습니다. 선생이 삼 일 안에 화살 십만 개를 만들겠다고 장담한 것이 바로 이것이었군요."

"그렇습니다. 장인을 모아 이 정도를 만들려면 십 일로는 어려울 것입니다. 분명 도독이 장인들의 작업을 방해할 것이기 때문입니다. 도독의 목적은 화살을 얻는 데 있는 것이 아니라 제 목숨을 얻는 데 있을 테니 말입니다."

"아, 그것까지 알고 계셨군요."

"짐승도 자신을 죽이려는 손길을 미리 깨닫고 도망치는 법입니다. 하물며 만물의 영장이라 하는 사람이 자신의 목숨이 위험하다는 걸 어찌 모르겠습니까?"

"아무리 그래도 어떻게 며칠 전부터 오늘 안개가 짙게 깔린다는 것을 알 수 있었습니까?"

"군사를 부리고 지휘하는 사람이라면 그 정도는 알 수 있어야지요. 삼 일 안이라고 도독에게 약속한 것도 그런 기상의 변화를 헤아린 것이지요."

제갈량은 마치 남의 일을 이야기하듯 담담하게 말했다.

주유는 노숙의 이야기를 아무 말 없이 듣다가 이내 머리를 들고 긴 한숨을 내쉬었다.

"내가 참 어리석구나. 제갈량의 재주는 귀신처럼 뛰어나 도저히 따라갈 수 없구나."

주유는 자신이 한 일을 되돌아보며 반성했다. 그러고는 제갈량을 찾아가 용서를 빌었다.

"제갈 선생, 지금까지 제가 저지른 무례를 용서해 주십시오. 적지에 들어가 적의 화살 십만 개를 가져오신 이야기를 듣고 그저 감탄할 수밖에 없었습니다."

"하하하, 그 정도를 가지고 어찌 감탄할 수 있겠습니까. 군자는 부끄러움을 안다 했습니다. 오히려 제가 부끄러울 따름입니다."

"듣기 좋으라고 하는 말이 아닙니다. 손자도 제갈 선생을 피할 것입니다. 오늘은 사죄드리는 뜻으로 선생을 모시고 한잔 올리고 싶습니다."

술자리에서도 주유는 거듭 말했다.

"실은 어제도 주공께서 꾸지람을 하셨습니다. 하루라도 빨리 조조를 쳐야 하는데 헛되이 시간을 보내고 있으니 말입니다. 부끄럽지만 조조의 대군을 칠 방법을 찾지 못했습니다. 부디 조조의 대군을 짓밟을 방법이 있으면 가르쳐 주십시오. 머리 숙여 부탁드립니다."

"어찌 이러십니까. 도독은 강동의 호걸이신데요. 저처럼 보잘것없는 사람에게 어찌 가르침을 달라 하십니까. 또 어찌 그런 계책을 제가 가지고 있겠습니까."

"선생은 겸손이 지나치십니다. 그러지 마시고 부디 마음을 열어 주십시오."

제갈량이 눈을 감고 생각에 잠기더니 이내 입을 열었다.

"단 한 가지 방법이 있습니다. 하지만 도독에게도 방법은 있을 것입니다."

제갈량이 먼저 넘겨짚고 말했다.

"사실 한 가지 생각하는 게 있기는 합니다."

"그럼 서로 손바닥에 써서 생각이 같은지 펼쳐 보는 건 어떻습니까?"

"그것참 흥미로울 듯합니다."

두 사람은 손에 무엇인가를 쓴 뒤 주먹과 주먹을 맞댔다. 그러고는 동시에 손바닥을 폈다.

제갈량과 주유의 손바닥에는 '불'이라는 글자가 쓰여 있었다. 그것을 본 두 사람은 큰 소리로 웃었다.

거짓으로 항복하고 거짓으로 계책을 꾸미다

졸지에 적에게 십만 개가 넘는 화살을 빼앗긴 조조의 군대는 사기가 뚝 떨어졌다.

"지금 오에는 제갈량과 주유가 있습니다. 아무 정보도 없이 두 사람을 이기는 것은 쉽지 않습니다. 그러니 채모의 조카인 채화와 채중을 오로 보내 상황을 알아보는 게 어떨까 싶습니다."

순유의 말에 조조가 흡족한 표정을 지었다.

"좋은 생각이오. 내가 채모를 죽였으니 오에서도 채화와 채중을 의심하지 않을 것이오."

"네, 그렇습니다. 그러니 승상께서 두 사람을 위로한 뒤 오로 보내 거짓으로 항복시키는 것입니다."

곧바로 조조는 채화와 채중을 불러 이야기를 꺼냈다.

"채모의 일은 안타깝게 되었네. 숙부의 오명을 씻고 공을 세워 보지 않겠는가?"

채화와 채중은 머리를 조아렸다.

"안심하고 맡겨 주십시오. 반드시 주유와 제갈량의 목을 가지고 돌아오겠습니다."

이튿날 채화와 채중은 목숨을 걸고 탈출한 것처럼 위장해 오로 건너갔다.

"그대들은 왜 우리 오에 항복해 왔는가?"

주유가 묻자 채화와 채중은 눈물을 흘리며 대답했다.

"저희는 조조에게 죽임을 당한 채모의 조카들입니다. 숙부의 원수를 갚기 위해 이렇게 도망쳐 왔습니다."

주유는 그들을 흔쾌히 받아들였다.

그날 밤 오의 늙은 장수인 황개가 주유를 찾아왔다. 황개는 손견 이래 삼대에 걸쳐 오를 섬겨 왔다.

"조조의 대군은 날마다 훈련을 하고 있습니다. 적군이 강해지는 것은 시간문제입니다. 하루빨리 불을 이용한 화공으로 공격해야 합니다."

"아, 역시 저와 생각이 같으시군요. 실은 채화와 채중이 거짓으로 항복해 왔습니다. 그것을 모른 체하고 받아들였습니다. 오히려 적의 계략을 이용하기 위해서지요. 그런데 그러기 위해서는 오에서도 조조 진영에 거짓으로 항복하는 사람을 보낼 필요가 있습니다."

"그렇다면 제가 가 보겠습니다."

주유와 황개는 새벽까지 이야기를 나누었다. 날이 밝은 뒤 주유는 사람들을 모았다. 제갈량도 모습을 드러냈다.

"조만간 적을 칠 것이니 각 병선에 석 달 치 군량을 쌓아 두라."

그러자 황개가 앞으로 나와 말했다.

"무모한 명령입니다. 석 달은커녕 열 달 치 군량을 쌓는다고 해도 소용없습니다. 어찌 조조의 대군을 이길 수 있겠습니까."

주유가 황개에게 버럭 화를 냈다.

"아직 단 한 번도 싸우지 않았는데 그런 불길한 말을 하다니. 저 늙은이를 끌어내라."

황개도 지지 않고 맞섰다.

"주유는 입 다물라. 지금까지 아무 대책도 없이 한가로이 지내다가 그런 무모한 명을 갑자기 내리면 어찌 복종할 수 있겠느냐."

"저자의 목을 치거라."

그때 대신들이 주유에게 머리를 조아리며 애원했다.

"황개는 나라의 공신으로 나이도 있고 하니 도독께서 부디 가련히 여기십시오."

"모두 이토록 애원하니 목숨만은 살려 두겠소. 대신 곤장 백 대를 쳐라."

황개는 곤장 백 대를 맞고는 피를 흘리며 쓰러졌다. 오랫동안 함께했던 대신들이 눈물을 흘리며 괴로워했다.

한바탕 소동이 끝난 뒤 노숙이 제갈량에게 말을 걸었다.

"오늘 일은 참으로 가슴이 아픕니다. 선생께서 도독을 말려 주시길 바랐는데 그냥 구경만 하고 계시더군요. 혹여 무슨 깊은 뜻이라도 있었던 겁니까?"

"하하하. 도독이 화를 내고 황 장군을 벌한 것은 조조를 속이기 위한 것입니다. 그런데 어찌 제가 말릴 수 있겠습니까?"

제갈량의 말에 노숙은 입을 다물지 못했다.

계획대로 황개는 부하를 조조에게 보냈다. 깊은 밤 조조는 침소에서 나와 황개의 부하를 맞았다.

"오의 황개 장군은 삼대에 걸쳐 오를 섬긴 분입니다. 그런데 며칠 전 주 도독에게 바른말을 하다 늙은 몸으로 곤장 백 대를 맞았습니다. 황 장군께서는 주유를 원망하며 조만간 오의 무기와 식량을 가지고 항복하러 오신다 하셨습니다."

"분명한 계략이다. 이 조조가 속을 줄 알았더냐?"

"어찌 황 장군의 진심을 몰라주시는 겁니까?"

"진심으로 항복하는 거라면 반드시 항복하러 올 시기를 정했을 것 아니냐?"

"옛말에 이르길 주인을 저버리고 도적질을 하는 데는 기일*을 미리 정할 수 없다 하였습니다. 황 장군은 지금 삼대를 섬겨 온 오를 저버리고 승상에게 항복을 하려고 합니다. 한데 만약 기한을 정했다가 일이 생겨 못 지키면 승상은 의심을 품겠지요. 그러면 황 장군은 갈 곳을 잃을 것입니다. 그에 일부러 기일*을 정하지 않은 것입니다."

"음, 듣고 보니 맞는 말이구나."

기일 정해진 날짜.

조조는 의심을 풀고 황개의 부하에게 술을 대접했다. 그때 마침 채화와 채중으로부터 편지가 왔다. 편지에는 주유가 황개에게 곤장 백 대를 치게 한 이야기가 적혀 있었다. 조조는 그들의 편지를 읽고 황개를 더욱 믿게 되었다.

"나는 그대의 말을 조금도 의심하지 않소. 다시 오에 돌아가서 황 장군에게 내가 승낙했다고 전하시오. 빈틈은 없겠지만 부디 주유가 눈치채지 못하도록 잘 부탁하오."

다음 날 황개의 부하는 다시 오로 돌아왔다. 채화와 채중은 조조에게 또다시 보고하기 위해 몰래 그의 뒤를 따라갔다. 두 사람은 황개의 방문 밖에서 황개와 부하의 이야기를 엿들었다.

황개와 부하는 일부러 주유를 욕하며 복수 계획을 세웠다. 그렇게 은밀하게 이야기를 주고받다가 갑자기 황개의 부하가 일어나 방문을 열어젖혔다.

"우리의 밀담을 엿들었구나!"

채화와 채중은 엎드려 빌었다.

"두 분께 무엇을 숨기겠습니까. 사실 저희 형제는 조 승상의 명을 받고 거짓으로 오에 항복한 것입니다."

"그 말을 들으니 안심이오. 그럼 조 승상을 위해 함께 힘을 모읍시다."

채화와 채중은 그것이 황개의 계책인 줄 전혀 알아차리지 못했다.

그날 밤 네 사람은 둘러앉아 늦게까지 술을 마셨다.

"어서 빨리 승상에게 우리의 뜻을 알립시다."

네 사람은 의견을 모아 조조에게 편지를 썼다.

조만간 배에 무기와 식량을 가득 싣고 투항하려고 합니다. 아직 날을 정하지는 못했지만, 청룡기를 꽂은 배를 발견하시면 저희의 항복선으로 여겨 공격하지 마시길 바랍니다.

조조는 편지를 받고 신하들을 불러 모았다.

"채 형제와 황개가 이런 편지를 보내오다니 일이 너무 잘 풀리는 것만 같소."

그러자 장간이 앞으로 나섰다.

"지난번 주유를 설득하는 일을 실패해 아무런 공도 세우지 못했습니다. 이번에 다시 오로 건너가 채 형제와 황개의 말이 사실인지 확인하고 오겠습니다. 만약 또다시 아무런 공도 세우지 못한다면 벌을 받아도 결코 원망하지 않겠습니다."

조조는 한 번 더 확인하고 싶은 마음에 장간의 말을 받아들였다. 곧 장간은 작은 배를 타고 오로 떠났다.

한편 양양에는 방덕공의 조카 방통이 있었다. 방덕공은 형주에서 모르는 사람이 없을 정도로 덕이 많고 인품이 뛰어난 사람이었다. 사마휘는 평소에 '와룡과 봉추'라는 말을 자주 했는데, 그 와룡이란 공명인 제갈량을 가리키며 봉추란 방통을 말하는 것이었다. 그런데 그 방통이 오의 손님으로 와 있었다.

"선생, 오에 힘을 보태 주십시오."

주유가 방통에게 부탁했다.

"조조는 형주를 가로챈 적입니다. 도독이 그리 말씀하지 않으셔도 저는 오를 도울 것입니다."

방통의 말에 주유가 크게 기뻐했다.

"고맙습니다. 그런데 어떻게 조조의 대군을 무찌를 수 있겠습니까?"

"불, 즉 화공이 답입니다."

"선생께서도 그렇게 생각하십니까?"

"하지만 배 한 척이 불에 타면 다른 배들이 사방으로 흩어지고 말 것입니다. 그러니 화공을 이용하기 위해서는 먼저 조조의 병선*을 모두 한곳에 모아 놓고 쇠고리로 연결해야 합니다. 이를 연환계라고 합니다."

"조조 역시 병법에 능한 자입니다. 그가 어찌 그런 계략에 빠지겠습니까?"

주유와 방통이 대화를 나누는 사이에 장간이 다시 찾아왔다는 소식이 전해졌다. 그러자 방통이 방을 나가고 주유는 환하게 웃으며 장간을 들어오라 일렀다.

'이번 일을 성공시킬 사람이 제 발로 찾아왔구나.'

주유는 그렇게 생각하며 장간을 보자마자 눈을 부릅떴다.

"장간, 그대는 또 나를 속이려고 왔는가?"

병선 전쟁할 수 있는 장비를 갖춘 배.

"속이다니? 하하, 농담하지 말게. 지난번 자네의 호의에 보답하기 위해 왔네."

"그만두게. 자네 속내가 훤히 들여다보이네. 내게 항복을 권할 작정이지 않나?"

"오늘은 어찌 그리 화가 나 있는가. 자, 옛이야기나 하면서 한잔하는 게 어떤가. 자네에게 천천히 할 이야기가 있네."

"뻔뻔하구먼. 지난번 내 방에서 중요한 편지를 훔쳐 달아나지 않았는가?"

"아니, 내가 어찌 그런 것을 훔쳐 달아나겠는가?"

주유는 장간의 말을 끊으며 말했다.

"그 때문에 오와 내통*하고 있던 장윤과 채모 두 사람이 조조에게 죽임을 당했네. 이는 필시 자네가 조조에게 말했기 때문이겠지. 그래 놓고는 뻔뻔하게 다시 이곳에 나타나다니. 얼마 전 위를 탈출해 이곳으로 온 채화와 채중을 위협하려고 온 것이 아닌가?"

"도대체 왜 나를 그토록 의심하는 것인가?"

"다시 한 번 말하지만, 채화와 채중은 내게 충성을 맹세했으니 허튼수작 말게."

"허튼수작이라니?"

장간이 놀라 되물었다.

"본래 단칼에 목을 쳐야겠지만 옛정을 생각해서 목숨만은 살려

내통 바깥의 조직이나 사람과 몰래 관계를 맺거나 통함.

주겠네. 이제 우리 오는 삼 일 안에 조조를 격파할 것이네. 그동안 자네는 오의 진영에서 꼼짝하지 못할 것이네."

장간은 산중에 있는 작은 움막에 갇혔다. 경비병들이 밤낮없이 장간을 감시했다.

그러던 어느 날 밤, 경비병이 방심한 틈을 타 장간은 탈출에 성공했다. 그러고는 숲속 저편 불빛이 보이는 집으로 갔다.

"아, 봉추 선생이 아니신지요?"

"귀공은 장간이 아닌가? 그나저나 아직도 오에 머무르고 있었는가?"

"아닙니다. 일단 돌아갔다 다시 왔는데 주 도독에게 의심을 받게 되어……."

장간이 그동안 있었던 일을 이야기하자 방통이 빙그레 웃었다.

"그 정도로 끝났으니 운이 좋구려. 내가 주유였다면 절대로 살려 두지 않았을 것이네."

"예?"

"하하하, 농담이네. 자, 이리 오게."

방통이 자리를 마련해 둘은 이야기를 나누기 시작했다.

"선생님은 오를 섬기는 것도 아닌 듯하고……. 오를 떠나 조 승상에게 가실 생각은 없는지요?"

"조 승상이 오에 있던 자를 무조건 받아들이겠소?"

"제가 중간에서 다리를 놓아 드리겠습니다. 승상에게는 인재를 보는 눈이 있으니 반드시 선생을 받아들이실 겁니다."

"그럼 그렇게 합시다."

그날 밤 방통은 작은 절을 떠나 장간과 함께 오를 벗어났다.

조조는 양양의 봉추인 방통이 왔다는 소식을 듣고 무척이나 기뻐했다.

"이토록 귀한 손님이 몸소 오시다니, 감사할 따름입니다."

"제 의지보다는 승상이 이끌어 제가 이곳까지 오게 된 것 같습니다."

조조는 잔치를 열어 방통에게 술을 대접했다.

다음 날 조조는 방통과 함께 말을 타고 언덕에 올랐다.

"손자가 와도 이보다 더 근사한 포진*을 펼칠 수 없을 듯합니다."

조조는 들뜬 마음을 가라앉히며 언덕을 내려와서는 방통을 데리고 강으로 갔다.

"아아, 승상이 병법에 능하다는 말은 거짓이 아니었습니다. 수군의 배치만 하더라도 이렇게까지 훌륭할 줄은 꿈에도 상상하지 못했습니다."

방통은 더없이 감탄한 듯 손뼉을 치며 말했다.

조조는 또다시 방통을 위해 잔치를 벌였다. 두 사람은 손자의 병법을 논하며 술자리를 이어 갔다.

"승상의 장병은 절반 이상이 북쪽 사람들이니 배에서 생활하는

포진 전쟁하기 위해 진을 침.

게 익숙하지 않을 것입니다. 그러니 자주 탈이 날 것이고, 그러다 보면 막상 전쟁에 나가서는 힘을 쓰지 못할 것입니다."

방통의 말은 화살처럼 조조의 마음을 꿰뚫었다.

"어떻게 하면 좋겠습니까? 바라건대, 좋은 방법이 있으면 부디 가르침을 주십시오."

방통은 고개를 끄덕이며 말했다.

"한 가지만 해결하면 아마 한 사람도 병들지 않을 것입니다. 북쪽 병사들은 물에 익숙하지 않은데도 오랫동안 땅을 밟지 못한 채 배 위에서 비바람과 파도에 흔들리며 기력을 빼앗겼습니다. 그들을 고치기 위해서는 병사를 모두 땅 위로 보내야만 합니다. 그렇다고 배에 사람이 없어서는 안 될 것입니다. 그러니 우선 배와 배를 쇠고리로 튼튼하게 연결하고 배들끼리 다리를 만들어 서로 자유롭게 오갈 수 있도록 하십시오. 사람은 물론이고 말들도 평지와 같이 마음껏 걸을 수 있을 것입니다. 그렇게 하면 앓아 눕는 병사는 없을 것입니다."

"과연 옳은 말씀입니다."

다음 날 조조는 방통의 말대로 배를 쇠고리로 연결하고 배와 배 사이에 다리를 만들었다.

방통은 그러한 모습을 보며 속으로 웃고 있었다. 그로부터 며칠 뒤 방통이 조조에게 말했다.

"오에는 주유를 원망해서 기회만 있으면 등을 돌릴 장수가 많습니다. 제가 가서 그들을 설득하면 곧바로 승상에게 항복해 올 것입니다. 그런 다음 주유를 산 채로 잡고, 유비를 공격하면 될 것입니다."

"그렇다면 오에 돌아가서 사람을 모아 은밀히 계책을 세워 주십시오. 성공하면 선생에게 높은 벼슬을 내리리다."

조조의 말에 방통이 고개를 내저었다.

"말씀은 감사합니다만, 저는 눈앞의 이익을 위해 일하지 않습니다. 오직 백성을 위할 따름입니다. 승상이 오를 격파하고 오로 들어가시거든 부디 죄 없는 백성만은 죽이지 말아 주십시오. 바라는 것은 오직 그뿐입니다."

조조는 방통을 굳게 믿었다. 방통은 이별을 슬퍼하며 눈물까지 보였다.

강가에 도착한 방통이 작은 배에 오르려 할 때였다. 갑자기 서서가 나타나 가로막았다.

"승상은 속였을지 몰라도 나를 속일 수는 없을 게다. 우리 북군을 모두 불에 태워 죽이려는 것이 틀림없구나. 어찌 이대로 너를 강남으로 보낼 수 있으리. 자, 다시 돌아가자."

방통이 서서에게 애원했다.

"서서, 만약 이 계책을 조조에게 말한다면 내 목숨은 물론이고 오의 백성들이 조조의 군대에게 죽임을 당할 것이오. 오의 백성들을 위해 눈감아 주시게."

"내가 그대를 여기서 놓아주면 오의 백성은 살릴 수 있을지 모르지만 우리 장병들은 모두 불에 타 죽을 것이네. 이는 가련하지 않다는 말인가?"

방통은 체념한 듯 눈을 감았다.

"내가 여기까지 올 때는 위험을 알고 온 거네. 그러니 죽이든 조조에게 끌고 가든 마음대로 하시게."

"과연 방통 선생이오. 하하하."

서서가 큰 소리로 웃더니 속마음을 털어놓았다.

"나는 유 황숙에게 입은 은혜를 잊지 않고 있소. 어머니가 조조에게 붙잡히는 바람에 어쩔 수 없이 조조에게 있었지만 이제는 어머니도 돌아가셨으니 그럴 필요가 없소."

서서의 말이 끝나자 방통이 서서를 얼싸안았다. 방통은 서서의 귀에 대고 무엇인가를 속삭였다.

동남풍을 부르는 공명

조조는 허창에서 수천 리를 떠나온 뒤 불안한 마음이 끊이지 않았다. 그러던 중에 서량의 마초와 한수가 허창으로 쳐들어오고 있다는 소식이 전해졌다.

"누가 나를 대신해 허창을 지키겠는가?"

"제가 가서 허창을 지켜 내겠습니다."

서서가 나서자 조조가 흐뭇한 마음으로 허락했다.

"좋다, 그대가 가도록 하라."

서서는 병사 삼천 명을 이끌고 허창을 향해 떠났다.

며칠 뒤 조조의 부하들이 조조에게 보고를 올렸다.

"말씀하신 대로 모든 병선을 쇠고리로 연결해 놓았습니다."

조조는 손으로 그늘을 만들며 말했다.

"이제까지 많은 전쟁을 치러 왔지만 지금처럼 정성을 들인 예가 없다."

조조는 부하들에게 엄하게 명을 내렸다.

"때가 왔다."

드디어 조조의 군함들이 오를 향해 출발했다. 바람이 거칠게 불었으나 배들은 쇠고리로 연결되어 흔들림이 적었다. 병사들의 사기 또한 드높았다. 이를 본 조조가 기뻐하며 말했다.

"과연 방통의 지혜는 대단하구나."

그때 불안한 마음이 든 정욱이 조조 앞으로 나섰다.

"승상, 제 말이 거슬릴지 모르지만 문득 바람을 보니 마음에 걸리는 것이 있습니다. 쇠고리로 배를 서로 연결해 놓으면 바람 부는 날 배가 덜 흔들리니 병사들이 뱃멀미를 덜하게 되어 좋은 건 틀림없습니다. 그러나 만약 적이 화공으로 공격해 온다면 큰일이지 싶습니다."

"하하하, 걱정하지 말게. 지금은 11월이네. 서북풍이 부는 계절인데 동남풍이 불 리 있겠는가? 우리 진영은 북쪽에 있고 오는 남쪽에 있네. 적이 화공으로 공격한다면 그것은 저들 스스로 불을 뒤집어쓰는 것과 같네. 오에 인재가 없다고는 하나 설마 그 정도로 기상과 병법을 모르지는 않을 터이네."

"아, 과연 옳으신 말씀입니다."

오의 진영 쪽으로 가까이 내려갈수록 바람이 더욱 거세게 불었다. 강 위에서 불어온 소용돌이가 하늘을 뒤덮더니 굵은 빗줄기가 쏟아졌다. 강한 바람과 빗줄기에 조조가 타고 있는 군함의 깃대가 부러지고 말았다. 조조는 당황해하며 배를 되돌렸다.

멀리서 그것을 지켜본 주유가 손뼉을 치며 웃었다. 그 순간 주유 옆에 있던 사령기의 깃대가 광풍*에 두 조각으로 부러져 주유를 덮쳤다.

"도독이 다치셨다."

부하들이 놀라 주유의 몸을 일으켜 세웠지만 주유는 정신을 잃고 말았다. 부하들은 서둘러 주유를 방으로 옮겨 눕혔다. 노숙도 급히 제갈량을 찾아가 대책을 논의했다.

"도독이 쓰러지셨는데, 이 일을 어찌하면 좋겠습니까?"

"걱정하지 마십시오. 주 도독은 곧 쾌차하실 겁니다. 그러니 함께 병문안이나 가시지요."

제갈량이 주유를 찾아가 괜찮은지 묻자 주유가 마른입으로 간신히 대답했다.

"아, 제갈 선생……."

"도독, 마음을 굳게 다잡으십시오."

"몸을 움직이면 머리가 아프고 약을 먹으면 헛구역질이 나고……."

"뭐가 그리 불안하십니까? 제가 보기에는 도독에게 아무 이상이 없는 듯합니다."

"불안 따위는 전혀 없소이다."

"그렇다면 바로 일어나실 수 있을 겁니다. 자, 일어나 보십시오."

광풍 미친 듯이 사납게 휘몰아치는 거센 바람.

"아니오, 머리를 들기만 해도 어지럼증이 생깁니다."

"그것은 마음의 병입니다. 날마다 구름이 끼었다가 개고 아침저녁으로 바람과 구름이 번갈아 나타납니다. 그러니 바람이 거칠다 하여 병들거나 괴로워할 필요가 없습니다. 도독께서도 마음의 근심이 사라지면 금방 일어나실 겁니다."

"흐음⋯⋯."

주유는 신음을 내고는 입술을 깨물었다. 제갈량은 일부러 더 껄껄 웃었다.

"마음을 편하게 가지면 병은 곧 사라질 터이지만 병의 근원을 뿌리 뽑고자 한다면 찬 성질이 있는 약제를 쓸 필요가 있을 듯합니다."

"좋은 약이 있습니까?"

"있습니다. 한번 쓰면 곧바로 쾌차하실 겁니다."

주유는 벌떡 일어나 앉았다.

"선생, 바라건대 저를 위해, 아니 오를 위해 꼭 그 약을 알려 주십시오."

제갈량은 노숙을 뺀 다른 사람을 모두 물리고 붓을 들어 종이에 무엇인가를 써 내려갔다.

조조를 치려면 화공을 써야 하는데
모든 것을 갖추었으나 오직 동남풍이 빠졌구나!

그 글귀를 본 주유가 큰 소리로 웃으며 말했다.

"두 손 들었습니다. 선생에게는 아무것도 감출 수가 없소이다."

때는 서북풍이 부는 계절이었다. 그렇다 보니 조조의 대군을 향해 화공을 쓰면 남쪽으로 불이 번질 가능성이 컸다. 제갈량은 주유의 마음속 근심이 바로 거기에 있음을 안 것이었다.

"사태는 긴박하고 날씨는 바꿀 수 없으니 대체 어떻게 하면 좋겠소?"

"지난날 바람과 비를 부르는 비법을 전수받은 적이 있습니다. 도독이 동남풍을 원하신다면 제가 심혈을 기울여 바람을 불러와 보겠습니다."

제갈량은 큰소리를 쳤다. 그런 데는 다 까닭이 있었다. 제갈량은 오랫동안 융중에 살면서 해마다 주의를 기울이며 기상을 살폈다. 매년 11월이 되면 강의 흐름과 남쪽의 기온 덕분에 남풍이 불어올 때가 있다. 그런데 올해는 아직 그 바람이 불어오지 않았다. 한 해도 거른 적이 없으니 올해도 가까운 시일 안에 그 현상이 일어나리라고 확신하고 있었던 것이다.

"11월 20일을 기일로 하여 제사를 올리면 삼 일 밤낮 사이에 동남풍이 불어올 것입니다. 남병산 위에 칠성단*을 쌓아 주십시오. 제가 온 힘을 다해 반드시 하늘로부터 바람을 빌리겠습니다."

주유는 병도 잊고 곧바로 명을 내렸다.

병사들이 제단을 쌓고 제관들이 제사 준비를 진행했다.

칠성단 북두칠성을 모시는 단.

마침내 11월 20일이 되었다. 제갈량은 몸을 정갈하게 한 뒤 하얀 두루마기를 입고 제단 앞에 섰다. 그러고는 노숙을 불러 가만히 속삭였다.

"제가 제사를 지내는 동안 다행히 하늘이 제 마음을 가엾이 여겨 삼 일 안에 바람을 불러일으킨다면 준비한 계책으로 때를 놓치지 말고 적을 치십시오."

제갈량은 삼 일 밤낮 동안 제사를 지내기 위해 제단에 올랐다. 노숙은 곧바로 말을 타고 남병산을 달려 내려갔다.

노숙이 떠난 뒤에 제갈량이 제단 아래에 있는 사람들에게 말했다.

"내가 바람을 기원하는 동안 이곳을 떠나서는 안 된다. 또 어떠한 기묘한 일이 있더라도 놀라거나 떠들어서는 안 된다. 이를 어기는 자는 그 자리에서 목을 벨 것이다."

제갈량은 향을 피우고 물을 따라 하늘에 제사를 올렸다. 그러고는 입으로 주문을 세 번 외웠다. 제갈량이 제사를 올리는 동안 그 누구도 함부로 소리 내지 못했다.

어느새 밤이 깊었다. 제갈량은 밤을 새워 제사를 올렸다. 하지만 하늘은 차가운 공기만 가득할 뿐 아무런 변화도 없었다.

한편 노숙은 주유에게 제갈량의 말을 전했고 주유는 당장이라도 동남풍이 불어오면 곧바로 공격하기 위해 모든 준비를 갖춰 놓았다. 또한 황개가 일찍이 짜 놓은 계획대로 건초와 잡목을 가득 싣고 화약을 푸른 장막으로 뒤덮은 쾌속선도 준비해 놓았다. 그렇게 각 진

영의 장병들은 모두 침을 삼키고 주먹을 쥔 채 초조한 마음으로 출정 명령을 기다렸다.

밤이 깊어질수록 평온했다. 별은 투명하고 구름도 움직이지 않았다. 그러자 주유는 다시 불안한 마음이 들었다.

"혹시 제갈량이 나를 속인 게 아닐까?"

주유의 말을 듣고 노숙이 말했다.

"아닙니다. 제갈량은 그리 가벼이 입을 놀려 스스로 화를 부를 사람이 아닙니다. 조금 더 지켜보십시오."

"하지만 노숙, 겨울도 다 끝나 가는데 동남풍이 불 리 없지 않소?"

그런데 바로 그때였다. 주유가 말을 마치자마자 하늘에 떠 있는 별빛이 점차 바뀌더니 큰 물결이 일고 구름이 모여들었다. 곧 바람이 불기 시작했다. 뜨뜻하고 미지근한 동남풍이었다.

"앗! 바람이다!"

"바람이 불어온다."

주유와 노숙은 자신도 모르게 외치며 밖으로 나왔다. 둘러보니 진중에 줄지어 늘어선 깃발들이 모두 서북쪽을 향해 휘날리고 있었다.

"아아, 동남풍이다. 동남풍."

주유는 놀라지 않을 수 없었다.

"제갈량은 인간인가, 신인가. 어찌 바람까지 마음대로 부릴 수 있단 말인가. 이러한 자를 살려 두면 뒷날 반드시 오에 큰 해가 될 것이다. 지금 당장 죽이지 않으면……."

주유는 제갈량에 대한 두려움이 더 커졌다. 서둘러 주유는 부하들을 남병산으로 보냈다. 하지만 제갈량의 모습은 그 어느 곳에서도 보이지 않았다.

"아직 멀리 가지 못했을 것이다. 모두 추격해서 제갈량의 목을 베어 오라!"

주유의 부하들은 강변으로 향했다. 마침 그곳을 지나가는 사내가 있었다. 부하 하나가 사내에게 물었다.

"하얀 두루마기를 입은 사람을 보지 못했느냐?"

"작은 배를 타고 나가더니 곧 큰 배를 갈아타고 북쪽으로 사라졌습니다."

주유의 부하들은 장강의 기슭까지 한달음에 내달려 배에 올랐다. 그러고는 이내 앞에 가는 수상한 배를 발견하자 손을 들어 소리쳤다.

"기다리시오. 그 배에 있는 분은 제갈 선생이 아니오? 주 도독께서 하실 말씀이 있다 하여 급히 뒤를 쫓아왔소. 말씀을 들어 보시오."

제갈량이 껄껄 웃으며 말했다.

"주 도독의 말씀은 듣지 않아도 잘 알고 있소. 그보다 당장 돌아가서 동남풍이 불어오니 어서 빨리 공격하라고 전하시오. 나중에 좋은 기회가 있으면 또 만날 수 있으리."

제갈량이 탄 배는 물거품을 일으키며 멀어져 갔다.

"놓쳐서는 안 된다."

주유의 부하들은 계속 제갈량의 배를 쫓았다. 그들이 다시 쫓아오는 것을 보며 제갈량은 웃고 있었지만 배 안에 앉아 있던 장군은 화를 내며 벌떡 일어났다.

"눈이 있으면 보고 귀가 있으면 들어라. 나는 조운이다. 유 황숙의 명을 받들어 우리 군사를 모시고 돌아가는 길인데 무슨 까닭으로 방해하는 것이냐?"

"우리는 주 도독의 명으로 제갈 선생에게 아뢸 것이 있소이다. 잠시 기다려 달라는데 어찌 들어주지 않는 것이오?"

"너희 말에는 어린아이도 속지 않을 것이다."

조운이 손에 든 화살의 시위를 당기며 말했다.

"이 화살 한 촉으로 너희를 쏘아 죽이는 것은 쉬운 일이나 우리는 절대로 조조 같은 사람이 아니다."

조운은 말을 끝내자마자 힘껏 활을 잡아당겨 쏘았다. 화살은 주유의 부하들이 탄 배의 돛을 꿰뚫었다. 돛이 부러지자 배는 강 위에서 빙글빙글 돌았다.

조운은 활을 버리고 아무 일도 없었던 듯 제갈량과 마주 앉아 이야기를 나누었다. 주유의 부하들이 잠긴 돛을 세워 다시 쫓아가려 했지만 제갈량이 탄 배는 이미 아득히 저편으로 사라졌다.

4권에서 계속

단기천리 | 單 騎 千 里
홀 단 / 말 탈 기 / 일천 천 / 마을 리

말 한 마리를 타고 천 리를 내달리다.

관우는 조조 밑에 있으면서도 한시도 유비를 잊은 적이 없습니다. 유비가 어디 있는지 알자마자 관우는 곧바로 조조를 떠나 유비에게로 돌아갑니다. 한 치의 망설임도 없이 유비를 향해 달려가는 관우의 모습에서 유래된 고사입니다.

오관육참 | 五 關 六 斬
다섯 오 / 관계할 관 / 여섯 육 / 벨 참

다섯 관문에서 여섯 명을 벤다.

관우가 유비에게로 돌아가면서 다섯 관문에 있는 여섯 장수를 벤 이야기에서 유래된 고사입니다. 동령관에서 공수, 낙양성에서 한복과 맹탄, 기수관에서 변희, 형양에서 왕식, 활주의 황하 나루터에서 진기를 베고, 조조의 땅에서 벗어나 꿈에도 그리던 유비를 만납니다.

비육지탄 | 髀 肉 之 嘆
넓적다리 비 / 고기 육 / 어조사 지 / 탄식할 탄

넓적다리에 살이 찌는 것을 한탄하다.

유비가 유표의 도움으로 신야성에 머무를 때의 일입니다. 어느 날, 유비는 유표가 초대한 연회에 참석했다가 자기 넓적다리를 보고 눈물을 흘립니다. 깜짝 놀란 유표가 유비에게 연유를 묻자, 유비는 "언제나 말을 타고 전장을 누비느라 넓적다리에 살이 붙을 겨를이 없었는데, 최근에 말을 타지 않아 넓적다리에 살이 쪘습니다. 아직 이루어 놓은 일이 아무것도 없는데 세월만 헛되이 보내는 것 같아 눈물이 나옵니다."라고 대답합니다. 유비가 재능을 발휘할 때를 얻지 못하여 헛되이 세월만 보내는 것을 한탄함에서 나온 고사입니다.

개문읍도 | 開 門 揖 盜

열 개　문 문　읍 읍　도둑질 도

문을 열어 두고 도둑을 맞이한다.

강동의 손책이 젊은 나이에 죽자, 동생 손권이 그 뒤를 잇습니다. 손권이 형을 잃은 슬픔에 빠져 아무것도 하지 않자, 신하 장소가 "지금은 사방에 적이 있습니다. 마냥 슬픔에 잠겨 있는 것은 스스로 문을 열어 두고 도둑을 맞이하는 꼴과 같습니다."라고 충언합니다. 장소의 충언을 들은 손권은 정신을 차리고, 조조와 맞서 강동을 지켜냅니다.

복룡봉추 | 伏 龍 鳳 雛

엎드릴 복　용 룡　봉새 봉　병아리 추

엎드려 있는 용과 봉황의 새끼.

어느 날 유비는 사마휘를 찾아가 이런저런 질문을 합니다. 사마휘는 "저는 글만 읽어 아무것도 모르지만 복룡과 봉추는 잘 압니다. 복룡과 봉추 가운데 한 사람만 얻어도 천하를 얻을 수 있습니다."라고 대답합니다. 사마휘가 말한 복룡은 제갈량을, 봉추는 방통을 뜻합니다. 모두 시골에서 조용히 살고 있지만 누구보다 뛰어난 인재였습니다. 겉으로 드러나지 않은 인재를 뜻하는 말입니다.

삼고초려 | 三 顧 草 廬

석 삼　돌아볼 고　풀 초　오두막집 려

오두막집을 세 번 방문하다.

유비가 제갈량을 얻으려고 융중의 작은 오두막집을 세 번이나 방문한 일에서 유래된 말입니다. 유비는 신야에서 융중까지 먼 거리를 마다하지 않고 제갈량을 찾아갔지만, 두 번이나 제갈량이 집을 비우는 바람에 허탕을 칩니다. 유비는 화내지 않고 다시 방문해서 제갈량을 자기 신하로 맞아드립니다. 인재를 얻기 위하여 참을성 있게 노력하는 것을 가리키는 말입니다.

풍운어수 | 風雲魚水
바람 풍　구름 운　물고기 어　물 수

바람과 구름, 물고기와 물.

바람이 구름을 밀고 가듯, 물고기가 물을 만나듯 임금과 신하가 아주 가깝고 친밀한 것을 말합니다. 유비와 제갈량의 사이를 빗대어 나온 고사입니다.

수어지교 | 水魚之交
물 수　물고기 어　어조사 지　사귈 교

물이 없으면 살 수 없는 물고기와 물의 관계.

물이 있어야 물고기가 사는 것처럼, 아주 친밀하여 떨어질 수 없는 사이를 비유적으로 이르는 말입니다. 유비에게는 관우, 장비 같은 무예가 뛰어난 장수는 있었지만, 지략과 전술로 군사를 이끌 인재가 없었습니다. 삼고초려 끝에 간신히 제갈량을 얻은 유비는, 제갈량을 극진히 모십니다. 관우와 장비는 나이 어린 제갈량에게 너무 과한 대접을 한다며 불평합니다. 유비는 관우와 장비에게 "내가 제갈량을 얻은 것은 마치 물고기가 물을 얻은 것과 같다."라고 말합니다.

간뇌도지 | 肝腦塗地
간 간　골 뇌　칠할 도　땅 지

참혹한 죽임을 당하여 간과 뇌가 땅에 널려 있다.

유비의 신하 중 조운은 무예가 뛰어난 장수였습니다. 유비가 조조의 추격을 피해 급하게 달아나느라 가족과 헤어지게 되자 조운이 홀로 적진을 뚫고 유비의 맏아들 아두를 구해 냅니다. 유비는 아두를 구해 낸 조운에게 "어린애 하나 때문에 천하의 명장을 잃을 뻔했다!"라고 화를 냅니다. 그러자 조운은 자신을 아끼는 유비의 마음에 감동해 "간과 뇌를 쏟아 내도 주군의 은혜를 갚을 수 없습니다."라고 말했습니다.

격장지계 　激 將 之 計
격할 격　장수 장　어조사 지　셀 계

상대 장수를 자극해서 상대방을 내가 의도한 대로 움직이는 계책.

제갈량은 강동을 지키고 싶으면 유비와 손을 잡든지 아니
면 조조에게 항복하라며 손권을 부추깁니다. 손권이 유비
가 조조에게 항복하지 않은 이유를 묻자 제갈량은 "유 황
숙은 황실의 종친이자 백성의 존경을 받는 분입니다. 어찌
조조 따위에게 항복할 수 있겠습니까?"라고 손권의 자존심
을 건듭니다. 결국, 손권은 제갈량의 설득에 넘어가 조조와
싸울 결심을 합니다.

청경우독 　清 耕 雨 讀
맑을 청　밭 갈 경　비 우　읽을 독

맑을 때는 밭을 갈고 비가 올 때는 책을 읽는다.

제갈량이 유비를 만나기 전까지 융중에서 생활하던 모습에서 유래한 고사입니다. 평소 열
심히 일하면서 틈날 때마다 공부한다는 뜻입니다.

소향무적 　所 向 無 敵
바 소　향할 향　없을 무　대적할 적

이르는 곳마다 맞서 싸울 사람이 없다.

조조는 형주를 얻은 뒤 손권에게 항복하라는 편지를 보
냅니다. 그러자 주유가 반대하면서 "우리 군대는 가는 곳
마다 맞설 사람이 없을 만큼 강합니다."라고 말합니다.
손권은 주유의 말을 받아들여 조조와 전쟁할 결심을 합
니다. 소향무적所向無敵은 막강한 힘을 가진 세력을 뜻하는
말입니다.

처음 읽는 삼국지

3 **삼고초려** : 세상으로 나온 제갈공명

초판 3쇄 발행 2020년 5월 30일

원 작	나관중
엮 음	홍종의
그 림	김상진
펴 낸 이	한승수
펴 낸 곳	문예춘추사
편 집	정내현
디 자 인	김연수
마 케 팅	신기탁
등록번호	제2012-000344호
등록일자	2009년 6월 24일
주 소	서울시 마포구 동교로27길 53 지남빌딩 309호
전 화	02 338 0084
팩 스	02 338 0087
E-mail	moonchusa@naver.com
I S B N	978-89-94757-46-9 (64820)
	978-89-94757-43-8 (세트)

어린이제품안전특별법에 의한 제품 표시

제조자명 하늘을나는교실(문예춘추사) | **제조년월** 2018년 1월 | **제조국** 대한민국 | **사용 연령** 6세 이상 어린이
제품 주소 및 연락처 서울시 마포구 동교로27길 53 지남빌딩 309호 (02) 338-0084

 ## 3세기 초 삼국 정립 시기의 세력도

북벌은 결코 간단한 일이 아니었다. 싸움에서 이
겨도 군량이 떨어지기도 하고, 도읍에서 이변이 일
어나기도 하고, 일진일퇴의 공방전이 펼쳐져 성과
는 거의 없었다. 그사이에 손권이 제위에 올라 스
스로 황제라 칭하여 중국 대륙에 드디어 세 개의
나라가 탄생하게 된다.

제갈량은 북벌을 거듭하나 오히려 부하에게조차
신뢰를 얻지 못하는 상태에 빠지고 일곱 번째 북

벌 때 병을 얻어 오장원에서 목숨을 잃는다.

이를 기회로 삼아 제갈량 밑에 있던 위연이 모반
을 일으키나 제갈량의 밀명을 받은 마대에게 살해
당한다. 제갈량이 죽었다는 소식이 위에 전해지자
황제 조예는 크게 기뻐했으며, 모든 재산을 탕진하
고 만년에는 폭군이 되어 버린다.

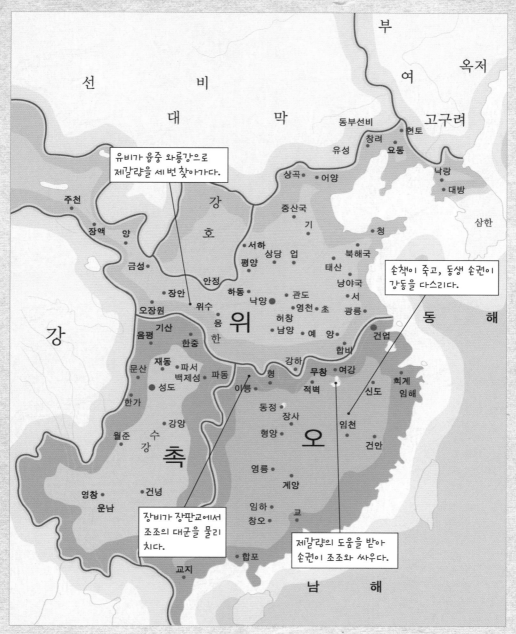

유비가 융중 와룡강으로
제갈량을 세 번 찾아가다.

손책이 죽고, 동생 손권이
강동을 다스리다.

장비가 장판교에서
조조의 대군을 물리
치다.

제갈량의 도움을 받아
손권이 조조와 싸우다.

부
여
옥저
고구려
선
비
대
막
동부선비
현토
유성
창려
요동
낙랑
대방
삼한
상곡
어양
주천
강
호
중산국
기
장액
양
서하
청
금성
평양
상당 업
북해국
태산
안정
하동
낙양
관도
낭야국
서
장안
위수
용
허창
영천 초
광릉
동
해
오장원
기산
한
남양
예 양
해
음평
한중
한
강하
합비
강
문산 재동
파서
파동
형
무창 여강
백제성
이릉
적벽
신도
회계
임해
성도
동정
한가
장사
임천
월준 강양
수
형양
오
건안
촉
강
영창
영릉
운남
건녕
계양
임하
교
창오
교지
합포
남
해